| 当代中国小说榜 |

阳光碎片

蒋　华著

中国文联出版社

图书在版编目（CIP）数据

阳光碎片 / 蒋华著. --北京：中国文联出版社，2016.3（2023.3 重印）

ISBN 978-7-5190-1260-1

Ⅰ.①阳… Ⅱ.①蒋… Ⅲ.①长篇小说—中国—当代 Ⅳ.①I247.5

中国版本图书馆 CIP 数据核字（2016）第 062396 号

著　　者　蒋　华
责任编辑　曹艺凡
责任校对　刘　昕
装帧设计　中联华文

出版发行　中国文联出版社有限公司
地　　址　北京市朝阳区农展馆南里 10 号　　邮编　100125
电　　话　010-85923025（发行部）　　85923091（总编室）
经　　销　全国新华书店等
印　　刷　三河市华东印刷有限公司

开　　本　880 毫米×1230 毫米　1/32
印　　张　7
字　　数　151 千字
版　　次　2023 年 3 月第 1 版第 2 次印刷
定　　价　65.00 元

版权所有　侵权必究

如有印装质量问题，请与本社发行部联系调换

别有洞天随性中

◎刘怀彧

认识蒋华的文字是在十多年前了，一开始是因为诗歌。其时作协举办征文比赛，在一等奖空缺的情况下，他的组诗《四季》获得了唯一的二等奖。他的诗歌语言质朴严谨，但意蕴深邃，由此感觉，这是棵适合写诗的好苗子。可是蒋华这个人总是让人意外，比如他大学的专业本是美术，可他后来展示给人的却是一支笔杆子；又比如我们都在期望他成为一个诗人，可他却忽然弄起了小说，而且还弄得有模有样。

在四五年前，蒋华和我在网上接头了，并陆续发来一些自己新写的小说。我仔细打量这些文字，感到很是惊讶，与其诗歌相比，他的小说呈现出一种完全不同的状态，笔调轻松夸张，语言幽默风趣，情节荒诞而有痛感，整体呈现现代风格的戏谑味道。这种味道，在我所接触的文学圈里，显得别有洞天。特别是当他将《阳光碎片》

发给我时，我几乎一口气看完，并立马跟他通话交流。在交流中，我得知他喜欢研读外国作家的书，也博览武侠小说。所以，在他的小说中，有很多新鲜元素的糅合，呈现天马行空的肆意。

在《阳光碎片》中，他模糊了人物，有的没有名字，甚至没有面目，你只能从他们的行动中、她们的言语中，去体会人物的心情和感受。人物的主角叫“刘芒”，这是一个很有意味的名字。在前期，他的行为有些玩世不恭、放浪形骸，他在众多的女人中间游走。在他的眼中，这是一个“流氓”的世界，他在迎合着这个世界，随波逐流。随着时间的变化，随着哥哥“刘锋”的去世，他开始重新审视自己，重新去遵循自己的内心。人不能改变这个世界，但是，他完全可以改变自己。卡夫卡说过，从某一点往前走，一去再也无法回头。我们必须企及的就是这点。有时候，人性却是从一点出发然后又回到了同一点上。在我看来，“刘芒”的经历，也是我们认识从混沌、迷茫到清晰、回归的过程。

我把小说给圈内人看了，大家都觉得有味，但多半说不出这味道的准确意思。也许，很多人只看到了小说中的闹腾甚至折腾，然而细细考量，在他的随意的文字深处，我们还是可以看到更深的意境，看到文字里面的悲悯和承担，一种当下部分年轻人最初面对社会时无所适从、无以把握、精力旺盛而又身心俱疲、想要体现存在却又自感无足轻重的自虐和疼痛。或许，之于世界这还只是一些浅表层面的思考，但即使如同米兰·昆德拉说的“人类一思考，上帝就发笑”，蒋华还是在努力地思考人情世情。即使小说中的人物也许并不具有广泛的时代代表性，他仍旧是展现了一副值得正视的别样画面。

熟悉蒋华的人都认为，蒋华性格随意不羁，很适合成为自由艺术家，可他偏偏心甘情愿地进入单位体制中，在那里勤勤恳恳、尽职尽责地做一个格子里的文员。但他骨子里的艺术家的气质必须找到一个出口，于是他找到了小说这个出口。正如他曾经说的，他的每一段文字，就是他的行为艺术。所以，他在文字里面，就尽可能地随心、随意、随时、随性，信马由缰，不受羁绊。也正因如此，看蒋华的小说你也大可随意一点，躺在被窝里，坐在餐桌边或者公交车上，稍微瞭一瞭，你就会笑出声来，或者发出一声会心的惊叹。在文学和艺术的道路上，蒋华还只是在探索、在跋涉。多么希望他能尽快地进一步摸准生活的脉搏，找到更多适合于自己表达的文学题材和艺术载体。这些年，因为工作的原因，他甚至搁置了自己的创作，这让我觉得很是惋惜。我曾经说过，在我们这个小圈子里面，能把小说写出气候来的，蒋华是最有希望的一个。我觉得，他还是不能浪费了自己的才华。

当然，即使现在他还没成就多大的气候，我也还是喜欢这些看似随意却别具趣味、别有洞天的文字。

目 录

第一章　刘芒

我不是个君子，这点我从来就不否认，但我不认为我是个流氓，但这点别人从来就不认同。他们对我说，流氓其实是一个赞美你的词语，我说，跟问候你妈妈一样吗？他们都闭嘴了，没人希望我这么有礼貌地问候他妈妈。

当然，我是真的不认为流氓是一个侮辱性极强的词语，至少在我认识的人里是这样，但我不认识的人是否同意我就不知道了，这也不需要我去挖空心思的知道，这没意思。就像他们说我是流氓一样，他们其实也觉得很没意思，我觉得原因有两点，一是，说流氓这个词语本身就有损自身形象，他们是很顾及自己形象的人；二是，我本来就已经是一个流氓了，说不说都是很没意义的事情。

其实，第一次被别人叫流氓完全是误会，我这样辩解的时候，所有的人口里都发出一种声音“嗤”，我很习惯这种声音了，也不在乎，我还是继续说下去。鲁迅说过，世界上本来没有路，走的人多了，也就成了路。我将它改编了一下，世界上本来没有流氓，说的人多了，不是流氓他也变成了流氓。在我看来，鲁迅也是个流氓，他喜欢口不择言地骂人，十足的流氓性格，我喜欢他，很大程度上就基于这一点。别人对我说，如果我一九六八年的时候，我肯定是一个很好的造反派，我说，你们错了，我如果在那个时候，我一定是一个要受到严厉批判的对象，他们不解地问为什么，我翻了翻白眼，冷漠地说道：因为我是个流氓啊。但是我想，如果我在那个时代，我连耍流氓的心情也没有了。

我这个人最大的缺点就是联想丰富，真的，我不是谦虚，因为我从来就不谦虚，我的联想都是毫无根据的联想，自然要受到打击、弹压。读小学的时候，老师问了一个很弱智的问题，圆圆的月亮像什么？这样弱智的问题我想很多老师都问过，这给我一种错觉，问这种问题的老师不是自己弱智就把别人都当成了弱智。圆圆的月亮再怎么圆它还是像月亮。有的同学回答，像脸盆，真亏他想得出来，这么大的脸盘，要放多少水才能洗一把脸啊，中国不是水资源匮乏吗？这样的学生将来肯定是大量浪费国家资源的人，所以，我认为回答这个答案的学生很不要脸。有的同学回答，像银盘。真够奢侈的，以后他肯定是个贪污腐败的人，我这么想。有的同学回答，像面饼，我喜欢这样的回答，很实在，因为那时候已经是第四节课了，我肚子开始焦躁地造反了。

老师得到了这么多答案她还不满足，转头来问我：“芒，你来回答。”

我歪歪斜斜地站起来，大声说道：“像屁股。”

老师愕然：“怎么像屁股呢？”

我回答："真的像屁股，那天我跑到外面去撒尿，看见邻居的小翠蹲在那里拉屎，她翘着屁股对着月亮，我看花了眼，就觉得它们很像。小翠听到一阵水响，看见我在她旁边肆无忌惮地撒尿，马上拉起裤子走了。"

老师对我的答案大为光火，她罚我不准吃午饭，当时，我还明目张胆地揣测了老师的想法，她一定觉得屁股中间有一条缝，不像她所说的圆圆的月亮。

后来，我想，我的回答也不算全无道理，月亮怎么看，中间还是有黑乎乎的一块。那时，我是被别人在心里认为我是流氓了，不过，那时，我们都还没有流氓这个概念，只是我的名字叫刘芒。

我觉得，我被称为流氓，老师所起的作用不容小视，当然，我也是咎由自取，我的联想就像开启了一扇门，别人也开始将我的名字联想到了流氓，刚开始，他们还只是将这个符号进行联想，后来，他们就开始对这个符号的载体进行联想了。我想说明的是，从此，小翠再也没有在外面拉屎了，我也没有机会再看见圆圆的月亮了，后来，我继续将想象力发挥了一下，对象正是天上那个月亮。

我还是应该捡起前面的话说下去，那是我被人明白无误地称为流氓的时候。事件发生在商场，我喜欢没事干的时候去逛逛，其实，我很多时候是什么也不买，这点很像个女人。这是我自己认为的，同样，别人也不这么认为，反正，好像我说是的，别人一定会认为不是。说自己像女人，我已经在贬低自己了，但别人觉得我不会这么做，他们其实认为我比男人还男人，只是有点流氓，那时候流氓这个词语是专属于男人的，就像男厕所只准男人进入一样。我这个比喻用在这里很符合国情，但如果用在比较开放的国家，那就不行了，至少我在影片里看过女人堂而皇之地进了男厕所，然后像男人一样站着撒尿，并发出放浪的笑声。我记得当时我目瞪口呆，心想，乖乖，真够猛的。对于含蓄的中国人来说，有目的地进人男厕所是需要莫大的勇气的，不然就应该去掉脑袋里一根筋。

商场里人不是很多，像我这样在里面漫无目的地闲逛的人显得很突兀。我记得当时是夏天，我穿着短裤，一件背心，趿着一双拖鞋。我的脚步显得很沉重，拖鞋在地面上发出“啪嗒、啪嗒”的响声，在空旷而安静的商场造成了很大的回声。

我的脸皮一向很厚，这也是别人给我的评价，这我也不承认，但我的脸大倒是不争的事实。一个妇女牵着她的小孩在里面看东西，她穿着紧身连衣裙，那时候，只要是女的，都喜欢一副这样的行头。同样一件衣服，不同的人穿着都会有不同的感觉。连衣裙应该也是一样，但那时候，很多人就喜欢跟风，一个人穿着，自己看了觉得不错，明天一定也得弄一套穿上，最显著的例子我想就是“健美裤”。这是一个美好的名字，我必须得承认，但我不认为谁穿上了都显得很健美，但那时候谁都穿，甚至我的男同学都穿了，他们也怂恿我穿，但是我没敢，因为我看了他穿上以后，我狂吐不止，以致身体虚弱，在家里调养了一个星期才复原。

这个女人的身材很好，很像一个括号。本来应该勒紧的腰部努力地向两旁蔓延，连衣裙也变得很贴身，我其实很喜欢看女人穿连衣裙的，但是我看了她穿的以后，我就对自己说，以后我碰到自己认识的女孩子穿连衣裙我就跟她急。后来，我找的女朋友一直就没有到过夏天。这件事真是邪乎，我就一直纳闷谁在找我的麻烦，但是我又没有找到那个可以供我出气的对象。

这个女人竟然不知道她后面的拉链没有拉上，直到现在我还在怀疑她的初衷。当天，商场还是开着风扇的，背后豁然开朗这么一大块，她居然丝毫没有感觉，其动机值得怀疑。也怨我孤陋寡闻，如果当时我的思想像现在这样开阔，我就不会这么大惊小怪了。当然我还怀疑是偷香窃玉之徒的杰作，其实，我当时这样想就该给自己一耳光，我为自己这么猥琐的想法而惭愧，更重要的是，我太贬低别人的眼光了。

什么事情我都会设身处地地为别人着想，如果换作我，我肯定不会去做的，除去胆怯这个原因外。你一定想不到，我当时是多么的不自在，好像那事情是我做的一样不安。我在当时产生了一个很大胆的举动，我走过去，在她裸露的背上轻轻地点了一下，我的意思是提醒她春光外泄了，我本来以为，她回头就会给我颁发一个“学雷锋标兵”的奖状，至少也会对我表示一下口头的赞扬，说我不愧是人民的好儿子什么的。我想，我的要求一点儿也不过分，但最过分的是，她没这么说，其实，我也不需要她一定按我说的去做，只要意思接近就可以了，但是她也没有，她回过头来，说了一句，“流氓”。然后拉着她的女儿匆匆忙忙地走了，好像真遇到了色狼一样，你不知道我当时是多么的悲哀，我心里感叹，怪不得雷锋死了呢！那个女人不知道在离开我后是不是将拉链拉上了，如果没有，真是辜负我一片苦心了。

后来，我再次回忆的时候，我痛哭失声，不是为别的，而是哭自己没有理解她的穿衣品位，当时我应该这么对她说，您的装束很新潮，很前卫。后来我这么做了，那是对我的一个同学说的，她穿了一件衣服，我觉得她好像穿反了，但是，她一直以穿衣匪夷所思而出名，这自然是小CASE了，我马上赞美："你穿出来就是与众不同！"她低头看了看，马上对我说："谢谢你提醒，不好意思，我穿反了。"我顿时口吐白沫，看来，我是一点儿也不懂穿衣之道啊！

这次被别人叫流氓我没告诉别人，但后来竟然有人叫我流氓了，我仔细回忆了现场，没有可疑人物，但流氓这个名称，就好像成了我的专属名词。

我的哥哥叫刘锋，我叫刘芒，按我老爸的说法就是我们两个应该组成联合舰队才完美，两人就叫锋芒毕露。我说："那你不行啊，你还应该再生两个，但你一定要在我前面和后面加一个，这样，我就可以把刘芒这个名字让给别人，我不喜欢叫刘毕，这名字虽然显得很牛，但是，丝毫也不符合我的个性。我也不喜欢叫刘露，因为我是个不善于流露什么的人。"

我爸很诧异，他觉得刘芒这个名字取得真有水平，我在他的唾沫里看到他那张神采飞扬的脸，心里在想，如果爷爷将这个名字早点给了你，你就知道是怎么回事了！

我的哥哥是个严谨的人，他和我有很大的不同，拿我妈的话说是，"都是我肚子里出来的，怎么有这么大的不同呢？"她说这话的时候总也掩饰不住对我的失望，这也让我很失望，于是，在失望之余，我对她说："是啊，你应该仔细回忆一下我的身世。"她愣了一下，没有听懂，还在嘀咕，怎么区别那么大呢？

是啊，怎么区别那么大呢？别看我不显山不露水的，我小学三年级就开始给女孩子写情书了，在我的那个时代，那个地方，绝对可以称得上前无古人。当时，我写得像地下党的接头暗语，因为在写的时候，我想起了老师那根粗大的教鞭，我打了个冷噤，于是，将本来的一篇散文写成了诗歌，并且是朦胧诗。我将信往我喜欢的那个女孩子抽屉里一扔，我就玩去了，我记得我那天都处于亢奋状态。老师还特意关切地问我："刘芒，你没病吧？！"如果是平时，我一定会在心里反驳，你才有病呢！但那天我心情出奇的好，我说："没有，我只是心里高兴！"

后来，那个女孩子看到了那封信，她拿着横看竖看都没看懂，就上交给了老师！我当时就傻眼了，我想，老师估计也不会这么白痴吧？我第一次的爱情就要经受这么严峻的考验，我当时是既兴奋又害怕。

老师叫我上去，问我："你写的是什么？"

我摆出一副死猪不怕开水烫的架势，就是不吭声。

见我这样子，老师突然语气变得温柔起来："以后不要将废纸扔到别人抽屉，你还挺厉害，还签上自己的名字呢！"我看着老师那张脸，心说，这样的老师才真正是诲人不倦，这样的老师才是真正的春蚕、蜡烛。

放学后，我在废纸篓里找到了老师扔掉的我的情书，上面用铅笔写的字变成黑乎乎的一片，只有名字还比较清晰。我看了看我的衣袖才恍然大悟。

那次以后，我小学再没写过情书，因为我认为不值得。女孩子太不解风情，即使我给你的真是一张废纸，你如果有意，也要将它当宝贝一样收藏啊。

以后，我还真把一些废纸扔到了她的抽屉里，后来，她真的收了，没交给老师，但是我听别人说，她将它们卖给收废纸的了，听说一共加起来卖了一块三毛六，都精确到分了，我还真佩服那个替我打探消息的同学。自从知道这个消息后，我没有这么做了，因为我觉得肥水不该流往外人田。

那个替我打探消息的同学当时比我大了八岁，但是他和我同班。他就是这么一直留级才等到和我做同学的，那时，我很佩服他的毅力，如果换成我，我早投河自尽了，他还活着，而且还龙精虎猛的，这才是我佩服他的地方。相比他，我太脆弱了。

他本来也像我一样是两兄弟，他是哥哥，下面本来还有一个弟弟的，但得狂犬病死了，我也被狗咬过，咬的地方是我的大腿，再往上一点，我就绝后了。我现在活得好像还挺滋润，看来，我属于那种“狗不理”的。

本来花开两朵，各表一枝的，但现在就剩下他了，我可以想象他的父母有多悲哀，而且据说他的弟弟很乖，成绩很好的。我觉得，这样的人就是短命，我说这样的话不能被我哥哥知道，别看他整天好像谁欠了他钱似的装深沉，其实，他的猜疑心很重，而且，他很暴力，和我在一起的时候，经常和我打架。要不是看在他是我哥的份上，就他那身子骨，我可以将他拆了重装。但总还是多一事不如少一事。最倒霉的还不是这，要不，他怎么会一直到那个年纪还和我同班呢？我那时候读的是六年制义务教育，好像现在还是这么说，但我们那时候有小学只读五年的，原因是听说要取消汉字，以后要像外国人一样写字母，所以只学拼音。我读初中的时候，一大片都是这样的同学。但是读初中的时候，又都是学汉字，所以一个同学在写作文的时候，一篇五百多字的文章，硬被他写出了二百八十多个错别字，这不是笑话，这是真的。说是义务教育，我就没看出来义务在哪里，学校还是要收学费，老师也照样拿工资。

我那个同学好不容易读到六年级的时候出事了，他胆子很大，他竟然将教室外面阳台的护墙当成了百米跑道，他跑过去时很潇洒，回来跑到半道时摔了下去，据说是头先着地。别人一看，这肯定完了，他家唯一的香火都灭了。结果他生命力很旺盛。休息一两年又回来了，当时，他的架势就有点像“我胡汉三又回来了”。他从五年级开始接着读，又到六年级的时候，他又摔了，摔的地方还是头，摔的地点是楼梯的扶手，他骑在上面滑下来，结果一个不慎，这次他差点儿就挂了，又休息一两年，又和我们从五年级开始同班。我想，他如果去少林寺，铁头功这门功夫就可以省略不学了。和我们同班的时候，他就有几年基础了。

我这个同学从来不认为我是流氓，他觉得我很有义气，是条汉子，之所以他会这么认为，是因为一次老师来上课时，发现他和几个同学不在，叫我去找，我这个人可能天生就是个做侦察的料，我没拐什么弯就找到了他，他们正在一个土堆下抽烟，见到我很是惊惶。

我马上表明了态度：“我绝对不是老师派来的奸细，我是你们那条战线的。你们抽吧，我回去复命了，就说没有看到你们，估计生病回去了。”

那个同学见我如此义气，跳起来就抱住了我，口里叫道：“刘芒，你真是我的好兄弟，这样吧，我们结拜成兄弟吧！”也不知他哪里看来这些东西，居然提议跟我结拜，我虽然被别人想象成流氓，但我可不想真的加人“黑社会”，何况，我如果跟他结拜，免不了成他弟，我一想起他得狂犬病死掉的弟弟我就两股战战，牙齿不听使唤地打冷战，磕得牙床都松动了。

我当场一抱拳："兄弟，谢谢你的好意，我高攀不上！"这些黑道切口我还是知道一些的，我父母好歹是新中国早期知识分子。

可能他也觉得人各有志，便没有再勉强了，也真感谢他没有再勉强，否则，我还真不知道要如何推脱了。我至今好好地活着，我想就是因为那一次表现得太冷静了。

读小学的时候，我的哥哥和我同校，比我高三个年级。在我读小学一年级的时候，我想，我读到四年级，我就和他同班了，少在我面前装得比我有学问。可是等我读到四年级的时候，他竟然读初中了，这让我很有挫败感，觉得自己的努力白费了，就像夏天的夜晚打蚊子，啪啪几声清脆的响声过后，巴掌全打在了自己脸上。

我的哥哥除了读书，其他的是个白痴，而我，懂的东西绝对比他多。那时候，他以为小孩是从女人的腋窝下面生出来的，我就知道不是，我知道小孩是被女人像拉屎一样拉出来的。这是我隔壁的那个老鳏夫告诉我的，我哥哥不敢去问，我敢。那个老鳏夫说话很啰唆，今天说过的话，明天还要对你说，就像他问我的名字一样，其实，他知道我的名字，但是他总要问上一句，你是刘芒吧？

我不嫌他啰唆，因为他能说一些我和我哥都不知道的东西。他最喜欢说的就是女人，说那些话的时候，他给我的感觉就好像他在回光返照。那脸上的褶子都变得光滑了、明亮了。那时候我想，女人就那么有意思？

其实，老鳏夫说得并不粗俗，他很懂得回避一些重要的地方。他说女人时不像是在说故事，而像在写评论，所以，并不情色，也谈不上香艳，这也可能是我觉得索然无味的原因吧。

老鳏夫是个知识分子，这是他自己说的，我觉得不像，但别人都说是，因为他竟然可以用俄语说“做爱”，这让我觉得很不可思议。其实，我也根本就听不懂，就像你放了个屁，然后对不懂的人说，这是在说俄语，估计他也不敢发表任何评论，只有默默地认同。我觉得他很了不起，不管他是不是真的懂俄语，我认为，如果他真的不懂还敢这么说的话，他更是了不起，至少在当时，我没有这样胡说的本事。我还不懂为何他对我青眼相加，竟然对我说他平时不对别人说的俄语，但是，这并不让我有受宠若惊的感觉，我对于这样的事情很冷漠，我其实像他一样，很多的注意力都集中在女人的身上。唯一不同的是，我和他相中的年龄不在一个层次上。

很多人在小的时候喜欢比自己大的女人，当大了时候，又喜欢比自己小很多的女人了。至于这个问题，我百思不得其解，当然，至于是否百思了也是一个值得商榷的问题。这个观点我很早的时候就在老鳏夫和我的身上得到了答案，所以，在我读大学的时候，一个姓“焦”的老师说出前一部分时，我马上接上了后面的答案，当时，他好像失散的红军找到了自己的部队一样，紧紧地握住了我的手，只差没有叫我“同志，我终于找到你了”。不过，他那猥琐的表情让我有些惊慌失措，除了是普通的师生关系，我内心还真不想被别人将自己划人他那一类人。

这个老师我认定他和我一样是个流氓，他第一天来给我们上课的时候，我们早就知道了他的名字，但一个女同学还是记错了，她称他为“邹老师”，他马上回答“对不起，我不姓邹，我姓焦”。

我那个同学脸色很是尴尬，所有的同学都噤声了，不知道他是在严肃还是在诙谐，总之，在局势没有明朗之前，他们是不敢表露自己真实的感情的，只有我大声笑了起来。

他一脸诧异地望着我："这位同学，你叫什么名字？你笑什么？"我站起来，大声地说道："老师，我是刘芒！"

他口里说道："哦，你是流氓啊，你很坦白。"

我用得着坦白吗？我本来就是叫"刘芒"，但我知道他的意思，没有和他辩驳。下了课，他对我说："你真叫'刘芒'啊，我以为你是受了我'性交'的启发呢？"他还真会给自己面上贴金，我好几年前就知道的伎俩，还要受你启发？

我当时厚颜无耻地说道："以后，我要老师多给我启发。"

也许是我们臭味相投，他搂着我的肩膀说，我们一同启发。然后眼睛滴溜溜地看着我们班那些胸脯饱满的女生。

我学的是美术，在很多时候，这就奠定了别人称呼我为流氓的基础。其实，我还想郑重地说明一下，我的确不是流氓，说我是流氓，纯属偏见。我是留着长发，但是，我是在省下理发的钱；我是穿着破烂的牛仔服，那我是艰苦朴素；没错，我是说着粗话，我开口就骂娘，但我不是针对具体的某个人。还有，我不讲卫生，但是我没有去害别人，我每天都是一个人睡。所有这一切都是个人行为，戕害的也只是我自己，为什么总要拿我的名字做文章呢？

我的哥哥终于在读高中的时候觉醒，他对我爸爸说："刘芒的名字太难听了，能不能帮他改一个？"我爸当时就将眼珠子瞪圆了："你知道个球，刘芒有什么不好？这是我花了几天时间想出来的，这是你爷爷钦点的。"

为了表示对先辈的尊重，我还是没有改掉我的名字，流氓和刘芒没有多少区别，这只是一个符号罢了，远古时候的人画符号更流氓呢，他们将自己的生殖器官都放在了最显著的地方，我没这样本事，我唯一能做的事就是将自己的名字和他们的行为有点联系。

第二章 女人

当一个女孩子笑盈盈地对你说，“流氓！”那你可以说已经赢得了她的心，甚至早已经赢得了她的身；如果她是横眉立目地冲你吼，“流氓！”那你最好拿出你最佳的百米速度逃跑，要不然过不了多久，你就会听到“110”的警笛声。

我经常逃跑，但这全是误会，这样的事我就当是她一个人在浴室里洗澡时，自我陶醉地唱歌，而且是完全跑调了。

我哥哥的女朋友到我家来的时候，他们在沙发上旁若无人地打情骂俏。我很奇怪我哥的转变，我当时想，人啊，真是一种奇怪的动物，我被人称为流氓，但是我还没摸过女孩子，他被人称为君子，却可以在我面前抱着女人亲嘴。他们不避嫌，我自然更无所谓，以致我看电视的时候有点迷糊，不知道哪一边才是真的在放电视。

在我哥哥将手滑向那个女孩子的胸部时，她笑着叫了一句，“流氓！”她当时的脸正对着我，我马上回答，“叫我干嘛？”

“谁叫你了？”我的哥哥冲我大声说道。原来所谓君子都是假的，这让我想起《笑傲江湖》里面的岳不群，如果现在他不是我哥哥，我一定要怂恿他也去练葵花宝典。我哥哥找的那个女朋友并不适合他，因为他不是流氓，而那个女的是。我从来就不认为流氓是男人的专利，就像别人说，流泪是女人的专利一样。如果这样说的话，男人还真得时刻当心沙子进人眼里。我的哥哥可能在当心我，因为我是流氓，但是他忽略了他找的那个女人。

后来有一天，那个女人对我说："那天，我叫的真的是你。"

我像没睡醒的样子看着她，嘴里答道："哦，是吗？你是在勾引我吗？"

女人说："是的，你真聪明，你比你哥聪明多了。"

这也被别人称为我聪明，我当时真的替我哥惋惜，他一直成绩比我好，但被称为聪明的次数却远远少于我，就像被称为流氓的次数一样。那时，我正读大学二年级，我哥却毕业了。

我当时坐在床上，我问她："你想怎么样？"她没有回答我，径直问我："你真的是流氓吗？"我仔细地看着她的脸，心想，我怎么在和一个白痴说话？我问她："你看呢？"她突然有点不好意思："我不知道。"我告诉她："我一直被别人称为流氓，所以我也不知道自己到底是不是，如果我说是你认为我很诚实，流氓是不应该太诚实的，我如果说不是，你一定会说，我就知道你不是，因为你就是流氓，这才是流氓本色。但是，我现在告诉你，我不是！"

她突然跳起来，扑倒了我，脸上带着红晕，嘴里还在叫："是吗？那要试过了才知道！"

我一脚踢开了她，对她说："我不是流氓，真的。"

她突然哭了，对我说："如果你以后想我，来找我吧。我喜欢你，刘芒！"

有人说，物以类聚，人以群分。按道理来说，我是流氓，我应该和她在一起。其实，我认为她并不是流氓，和我一样，只是被误解了，我经常被别人误解，但是我却曾经误解了她。她叫顺子，听说有个唱歌的也叫这个名字，她唱过一首歌，叫《回家》，我在心里说，顺子，你好好地回家吧，因为我是流氓，你不是！

我哥意志消沉了一阵，因为顺子离开了他，后来他换了一个姑娘，那个姑娘长得很丑，但是，胸脯很大。我哥曾经很难得地对我说："我之所以找她，就是看中了她那一对乳房。"这不关我的事，我所以表现得很冷淡，我只是"哦"了一声。

我哥从来就和我没有共同语言，当我是流氓的时候，他是君子，但当我认为我不是流氓的时候，他变成了一个流氓，只是别人还是认为他是君子。

那个大胸脯的女人在我哥的房里大声尖叫，我没有去谴责，人除了人性还有兽性，他兽性大发的时候在我看来很正常，至少，这要比他辛苦地装君子要好。

很多时候，人们只是看表面的现象，而忽略了本质。这句话是我抄来的，我从来不知道什么样的东西才是本质的东西，就像我既怀疑自己的确是流氓，有时候又认为自己不是流氓一样。我的本质是什么？到底谁才能看到我的本质？

我的一个朋友对我说："其实，刘芒，我很同情你，即使你不是流氓，你还是会被别人称为流氓。"我惊愕地看着他，他长着一副悲天悯人的脸，嘴里正在不停地唏嘘。我冲他笑了一下，对他说："你错了，你只看到了表面，因为我的确是个流氓，我从小就是流氓。"

他也惊愕地看着我，我对他说："我从小就有露阴癖，我从小就穿开裆裤，我冲着小女孩儿的鞋子撒尿，将自己的小鸡鸡给她们看，所以，我是个流氓。"

他很惭愧地看着我，突然很坦白地对我说："那我也是个流氓！"我马上说道："你千万别和我同流合污，我这么说不是也要你加人流氓团伙，只是告诉你我的真实情况，也告诉你不要拔高我在你心中的地位。"

我的叙述语无伦次，颠三倒四。所以，我的哥哥不喜欢和我说话，他总是要嘲讽我，"你能不能将思想理顺了，舌头捋直了再说？"我觉得他的愤慨很是好笑，因为，我也不喜欢跟他说话。

我的妈妈对我说，"你们两兄弟怎么老是狗咬狗？"

我直愣愣地看着她，觉得她说得很精辟，然后一般是我走开了。因为她不惜自残形象地来劝诫我们，所以，我觉得还是不应该辜负她。

其实，我妈妈倒是很喜欢我的，因为我让她觉得有面子，这种有面子不是我哥能帮得到的，我哥沉默寡言，我妈就说他三棍子打不出一个屁来，我妈从来没有给他过三棍子，所以，我觉得这个推理并不准确。

我妈和别人闹矛盾的时候，总是我挺身而出，说得别人无还口之力。而且，那时候我知名度很高的，别人问我妈的时候，总是会这么问："你是刘芒的妈妈吧？"我的哥哥唯一能被别人称道的就是他的成绩，但这不算什么，我的成绩也很好，但是别人往往忽略了这个，他们只记得我怎么顽劣。

读高中的时候，有个同学问我："你睡过女人没有？"我看着他得意的脸，真想啐他一口。他问得这么直接，让我很尴尬，其实，我不是为他的直接，而是我没有睡过，我知道他口里睡女人的含义。但是我告诉他，我睡过！

我没有说谎，小时候我和我表妹睡过，因为她喜欢听我说故事，我的故事都是瞎编的，有时候还不能自圆其说，但是他们喜欢听，因为那些表兄妹说不出来，而且，我给他们说的是朦胧的男女之情，其实，那时候我的青春期性教育也进行得不行。后来，我想，其实，男女之间的情爱是不需要教育的，拿乡下那些长辈们的名言是，狗都知道怎么交配，人难道还不知道做爱吗？

做爱这个文明的词我是后来看书看来的，刚看到的时候，我不知道是什么意思。我看过我的小舅舅谈恋爱，但他们是谈，我没看见他们怎么将这个要"谈"的东西转换为"做"，他们说的更为通俗。我那时候很喜欢我的表妹，我曾经还做过这样一个梦，梦见我和我表妹结婚了，然后我们上床了，然后抱在一起，至于再下来如何进行，那时候我真的不知道。所以，我对长辈们的话在怀疑之余还觉得有些自卑。因为，我在梦中连狗都不如。

我的表妹肯定也很喜欢我，她曾经暗示过我，暗示是这样的，她说："我喜欢和刘芒表哥说话。"

我在和她睡觉的时候，还有她的亲哥哥。我上面在说故事，下面就在用脚趾挠她的脚掌。所以，并不好笑的故事她也会笑个不停。也使得她哥哥很是不悦，他常要训斥她："笑什么？

害得我这截没听呢。”

后来，我听说我如果和表妹结婚那属于近亲结婚，生出来的小孩会是畸形。我害怕了，估计她也听说了，越来越大，她也就越来越疏远我了，当然也没有再和我睡过觉了，我只有望着她越来越充满诱惑的身子在晚上抱着枕头想一下了。这些事情谁也不知道，是我的青涩记忆。后来，我的表妹结婚了，我没有去她的婚礼，因为没人告诉我，他们竟然忘记通知我了。

我的同学颓丧地走了，他以为他是睡女人的先驱，没想到，我早就有这样的经验了，他的自信心受到了严重的摧残。看着他的背影，我心想，我真是流氓，我将自己的表妹扯了进来。当天晚上，我再次抱起了枕头。

过去的事情就像我打碎过的人家的玻璃，一片一片的，零碎且杂乱，甚至显得不甚真切。我经常打碎别人的玻璃，因为我家的玻璃也经常被别人打碎，而且像我一样，凶手从来就没有被抓住过。我打碎别人的玻璃并不是有意的，我经常手里捏一块石头，用力向远处甩去，这种感觉很有点像罗宾汉射出手中的箭，唯一不同的是，我的准心没有他那么好。这样，我常常能听到一声脆响，别人家的玻璃“哗啦”一下就碎了，我真的不是有意的，但我还是怕被抓住，于是，我逃开了，往往我回到家的时候，自家的玻璃也碎了，我想，别人也有可能不是故意的，我不抱怨，因为，大不了扯平了。那一个暑假，我家一共换了十二次玻璃。

那个暑假，天热得发狂，南方的夏天大抵都是如此。我常常溜到附近一个小水库去洗澡，虽然，我并不会游泳。其实，去那个水库洗澡的大多都是不会游泳的，会游泳的都去县城北门的那条江里去游了。我不敢去，据说，那条江每年要死好几个人，我不想往那条江里再添一条亡魂。虽然，我并不一定就会死，但我想，我实现那种可能的机会是占了一半，生与死平等地各占百分之五十的话。最重要的是，在这小水库里洗澡的都是附近的一些年轻的女孩子，她们和我一样，不会游泳，但是，她们有展现自己的欲望，我之所以这么说，是有根据的，因为一个在里面洗澡的女孩子很明白地告诉我，她喜欢别人看她，但她不喜欢我看她，她说我的目光有点淫邪。她说得很正确，在那里洗澡既可以实现我的色心，又可以满足我的色胆。我虽然不会游泳，但我会潜水，而且可以潜很久。我的表哥曾经为此感到很奇怪，他潜水不如我，但他会游泳，他认为，会潜水的人就一定会游泳，会游泳的人很少像我一样能潜这么久水。是我，无情地击碎了他的理论。

我和姑娘们都在靠边的浅水处游弋，她们是在看男人，我呢是在看她们，我敢肯定，一定有女的也在看我，只是她们的眼光没有我这般裸露。我发现单独的目标后，马上会潜水过去，摸一下她的屁股，其实，我没有什么奇特的癖好，我是因为欣赏才做出这样的举动的。女人嘛，被人摸应该是一种幸福。所以，我特别反感性骚扰的说法，当然，我是反对别人性骚扰的。这是一种矛盾，但我认为合理，因为，我就是一个很矛盾的人，或者说，这就是流氓的理论。

那个夏天，我是待在水库里时间最久的人，也是去那里次数最多的人，我认为我喜欢水库的心理都有点畸形了，我总是迫不及待地往那里跑。我想，持我这种心理的人不是少数，因为总还是有比我去得早的人，但是他们都没有我待的时间长，他们可能不能从其中找到特别浓厚的兴趣吧。兴趣是要载体的，要实在的载体，对我来说是这样。我成绩一直还不错，就是因为我一直在不停地喜欢班上的姑娘。她们都很正经，或者，她们都在装正经。你只有先正经地赢得她们的信任，你才能对她们不正经，我对女孩子这方面有时候很天才，有时候又很白痴。这一点，我的一个朋友对此表示了不解，因为，他是个天才。他对我说："我一看见女人看我，我就觉得她对我有意思。"我当时大惊失色，我心里在说，原来有那么多人对我有意思啊，我怎么就没看出来呢？还有一个朋友这样对我说："如果你很严肃地对一个陌生的女人说，我可以和你做爱吗？她会同意的。"我当时差点自绝在他的跟前，因为，我一直被别人称为流氓，但从来就没有做过实质性的工作，我这流氓也白当了！

我的第一个朋友其实是个老处男，所以他的话，我一般是当作性压抑后的话来说的，那时候，我已经不是处男了，我的第一次给了一个女人，而不是女孩儿，因为我辨别不出哪个是女孩儿，哪个已经是女人了。其实，在我那种情况下，我也不会分辨的，而那次，是女人勾引我，当然，我这么说对女人不公平，我喜欢这样一句话，苍蝇不叮无缝的蛋。如果我没有这样的意向，我估计她是不能得逞的，一看身材就知道。因为一个男人想强奸一个女人都不是那么容易的事，如果反过来，我估计成功的可能性更不大了。但事实上，如果真反过来，很多人还没反抗就已经缴械投降了。所以，我得推翻前面说的是她勾引我的话，我们是互相勾引。

那时候，我在写我那些莫名其妙的小说，我经常关着门，拉上窗帘，屋子里黑乎乎的。我的朋友们说，我那房子适合拍鬼片，当然，也适合洗底片。我的隔壁住着一对男女，他们是打工的，而我还在读书。男人上班应该不轻松，因为那女人没去上班，原因我不知道，我懒得问，因为总有他们的原因。我最先认识的是那个女人，因为她空闲的时间很多，我也大多数的时间待在屋子里看书写东西。在她的眼里，我是一个神秘的人。女人和男人其实都是一样，喜欢有点神秘的人，我想，人的骨子里有探险家的潜质，对于神秘的东西就总想一探究竟。

男的身体很好，应该说，他们两个人的身体都很好，很晚回来，男人总要弄得女人大叫大笑。我是个正常的男人，我暂时指的是生理上的，于是，我也经常伴随着女人的声音而勃起。甚至幻想一下，我早就说过，我是一个联想很丰富的人，这一点难不倒我。

我和女人很快认识了，她经常来我这里坐着，她喜欢和我挨得很近，看我写我无人理睬的小说，一般是她的脸就快贴近我的笔。她的身体很香，我还知道，她的身体很软，后来，印证了我的猜想。她叫刘星，她是有名字的，所以，我不能再称呼她为“那个女人”。我还写诗，这让她很崇拜我，我能感觉她的目光在我脸上扫荡，是那种很放肆的，所以我用了这个词语。我对她说：“你的名字就像流星划过我的心房。”那时候，我和她赤裸着躺在床上。所以，说那样的话，我觉得自已更不要脸了，十足一流氓！

刘星对我说：“你的小说很痞的，你人是不是也这样？”我对她说：“是不是你看我名字就知道了！”她一愣，马上回过神来：“流氓？你是流氓？”然后，她挑衅似的看着我：“你会流氓吗？你有过流氓吗？”她的话让我很泄气，我回答：“没有！”她大声笑道：“那你的意思你还是一处男？”我回答：“是。”我没想到自己对她那么坦白。她很妖媚地看着我，她的眼神很勾人，她很漂亮，更重要的是，她和我哥以前找的女人一样，有一对很大的乳房。

“你还是处男？我不知道处男是怎么样的。”她放肆地笑着，在我将手伸向她乳房的时候，她的手已经解开了我的裤带。

后来，她问我：“你后悔吗？我是女人，而你的第一次是给的一个女人”。我摸着她坚挺的乳房说：“不会，因为我是流氓，我迟早会这么做的。”

再后来，刘星走了，临走，她的嘴凑在我脸上说：“你是个流氓，但我喜欢你这个流氓，如果可能，我给你生个孩子。”

说完，她大声笑了起来，笑着笑着，她就哭了起来。她是回去和她男朋友结婚的，双方父母都安排好了日子了。

刘星走了，我和她前后认识不过四个月，然后是我搬离了那个地方，我想，以后再也见不到她了。人其实真的像流星，在空中划过时，看得那么清楚，到掉落下去后，就不知道它在什么地方了。刘星是我的第一个女人，但我知道，她肯定不是最后一个，后面这句话，我很多次想起。

第三章 顺子

回顾我的读书生涯，我最讨厌的是我的初中，它给我太多不好的回忆，其实，我所有的回忆几乎都想刻意回避这一段时间。但是我的很多朋友是这时候建立起友谊的。有人说，这叫物以类聚，人以群分。别人对我说这句话的时候，我在盯着他的脸，他说完以后，像虾子一样跳开了，他以为我在看哪块肉多的地方好下手。他看着我的时候，我还在盯着他的脸，连视线所及的位置都没变过。

他对我说："你不生气？"

我说："我不生气，因为你说的是事实。"说这个话的人并没有看过我的那帮朋友。

如果别人在了解他们之后还叫我流氓的话，我可能会很甘愿，但是，我觉得，我相对于他们来说，我真是太君子了。其实，我讨厌君子这个词，因为我不相信有这样的人存在。当然，君子和流氓都是人造的词，如果一开始就将流氓叫成君子，君子叫成流氓。那估计，很多人都愿意被称为流氓的。但事情就是这样，既然已成事实了，那你就认命吧，因为不认命也不行。

我的初中其实有很多的漂亮女同学，但我一直就没怎么好好研究。也许你会说，骗鬼啊你，你不是流氓吗？对，我是流氓，但流氓也不是时时刻刻都会记着去耍的。就像狮子可以一天交配很多次，但它也只是在发情期那段时间，我还没有狮子那样好的身体呢！更重要的是，我的心情压抑了我的感情，那段时期，我的心情一直没好过。也许是到了青春期的缘故吧！

我的邻座是一个很漂亮的女孩子，因为她太漂亮了，使得我不能也不忍心忽视她的美丽。那时候正学了《诗经》里的“关雎”，于是，我常常大声在她的耳边朗读“关关雎鸠，在河之洲，窈窕淑女，君子好逑！”虽然是到了初中，但女孩子的思想还是不那么开放，当然，也许是她太矜持了吧！她回头对我当头棒喝，“吵什么，流氓！”我知道，她不是称呼我的名字，她叫的是这两个字。那时候，别人也知道我的另一个称谓就是“流氓”。

其实，她也不想想，我为什么不对别人流氓而唯独对她呢？看来，我不是真正的流氓，一个有选择性的人，不能成为真正的流氓。什么是流氓，我想举例说明，一次，学校组织去看公审大会。那时候，学校经常搞这样的活动，公审大会在体育场举行。其实，我觉得更像校运会，因为去的基本上全部是学校。当时，我记得最厉害的是一个脖子下面挂块牌子，上面写着“流氓、强奸犯XXX”。为什么加上流氓呢？因为他还有失手的时候，按现在的说法来说，那也属于强奸，只是未遂罢了。但那时候觉得，未遂不能算强奸，已造成事实的才算。但也不能就此漏过，所以称他为流氓。当时，站在我前面的邻座看他脖子上面的牌子的时候，还不忘回头意味深长地看我一眼。好像我也对她们强奸未遂似的！后来，有人告诉我，乱叫别人流氓是违法的，国家也取消了流氓罪。我一直没看法律，我不知道。如果是真的，我要起诉的人太多了，我忙活不过来，所以我放弃了。

那时候我班男女比例基本均衡，男生比女生多一个，我一个疏忽，他们全配好对了，只有我落了单，亏他们还叫我流氓呢。为什么他们搭配得这么整齐，我一直觉得奇怪，后来也没问，因为后来他们大多不在一起，说别人的伤心往事，我怕挨揍，所以，我还是不知道答案。只是我觉得，他们这么有默契，后来电视里的一些相亲配对节目叫他们去，保证弹无虚发。后来，我的一个同学的爸爸丛恿我去参加那样的节目，我拒绝了，我觉得人不应该太自私，电视台的人也要吃饭，降低他们的收视率太不应该。

初中的同学我很多都不认识了，后来还搞了一次同学聚会，我才感叹，什么是沧海桑田。那些女人是我初中不起眼的同学吗？我一个也叫不上了名字，她们还记得我，一个女同学对我说："我一看见电视里说强奸犯我就想起你。"

我笑着说："一看到强奸犯，想起我的时候，请替我问候你老公。"

她勉强笑了一下，说道："你真幽默。"然后转身了，我知道，转身的一刹那，她的脸色可以杀死我！

那天，我喝了很多酒，但是没醉。后来去唱卡拉 OK 时，是一个女同学搀的我，她以为我醉了。我紧紧地靠着她，我知道，这样才是我刘芒。我讨厌我的初中，但是，我喜欢她。我喜欢过很多人，但是我认为这是应该的，正常的。

小县城的灯光比较昏暗，灯光透过街道边的樟树勉强地洒落

到街上，显得影影绰绰的，踉踉跄跄地走着，灯影也跟着一起凌乱了。我走到街上，看见女人的乳房跟着她们走动而颤动时，我在想，我喜欢。但是，我不会真去摸，我喜欢这个女人时，也不一定会和她上床。但是，那天，我是真想和她一起上床，因为，那天我们合唱了一首《天仙配》。那时候，我迷糊了配是婚配的配还是交配的配，也许，我真的醉了，因为，我又要来了酒，而且，我把它们全喝完了！

那家卡拉 OK 厅是和我合唱的那个女同学她伯父开的，她伯父那天也喝多了，他拍着我的肩膀说："小伙子，你很不错，我只有这么一个侄女，以后你要好好照顾她。"

我大声叫道："你放心，我会的！"后来我记起来了，我说这话的时候，那个女同学并不在旁边。后来我就看见人影幢幢，接着我睡着了。

那天我像是做了一个梦，因为，第二天我联系不到任何一个同学了，他们都是从哪里来又回哪儿去了。现在，我还是怀疑，我的记忆是不真实的，我的联想总是在左右我真实的记忆。我甚至怀疑，初中的一切都是虚幻的。

三年的时间是一段不短的时间，许多人问我，你在那么长的时间里只有这么短的回忆吗？我告诉他们，是的！他们不相信，摇头走开了，第二天，他们还是会来问同样的问题，每次这样过后，我总是多回忆起了一些东西。也许，他们也渐渐地开始又出现在了我现在的生活中。有人开始给我写信了。我讨厌写信，因为我不喜欢回信。

一个同学给我写信说，他是在一起偶然的情况下想起我的，他说他在街上走的时候，听见一个妇女大叫："有流氓啊。"

他就想起了我了。我忘记了他的样子，即使记得，他大概也不是我记忆中的那个样子了，如果我记得，我要在记忆中将他狠狠揍一顿。还有个同学也给我写信了，他说他在一次召妓的时候想起了我，因为他觉得自己的行为很流氓，于是一激灵就想起了我。总之，他们能够记起我，完全是由于我这个比较独特的名字伴随着他们比较独特的际遇的原因。我通通没有回信，于是，他们像跳水运动员扎下去溅起的水花，还没等运动员上岸，很快就平复了。

我初中那些要好的朋友现在还和我联系密切，但在一起总也说不上什么正经的话，无非是对互相熟悉的女人评头论足，他们以为这是我的嗜好，但是，即使一个人有这样的嗜好，每次都说同样的话题也是会腻烦的。他们说女人的时候，我想起了顺子，我很久没有看到她了，她不是希望我去看她吗？我决定去看她一次。

我找到了顺子走的时候写在我本子上的电话，我试着打了过去，打的时候，我觉得自己很紧张，手有点发颤。完全不像当初我踢她下床的时候。她的声音还是那么熟悉，她问："你是谁啊？"语气有点冰冷。我说："我是刘芒。"她突然在那边提高了声音叫道："刘芒啊，你总算打电话给我了，我就有预感今天会有人打电话给我，所以我一天都没出去。"我说话的声音有点虚，听到她的声音后，我觉得这是一个错误，我知道我又要迈上流氓的道路了。

我问她："顺子，你在干嘛呢？"我没有话说，我也不知道要说什么，很明显，我问的这是一句废话。她咯咯笑道："想你啊。"我马上说道："我是说真的。"她说："我也是！"我沉默了一下，问道:“你还好吗?”在我问这句话的时候,她同时也问了这句话。

“顺子,你可以出来一下吗?我想见你!”我对她说。我的心里其实是想拒绝这么说的,但我还是说了。她问我:“你在哪里呢?这样吧,你来我家里吧。”接着,她告诉我她家的地址,然后将电话挂了。

也许,她做好了我会去的心理准备。因为,我的确去了。她家是单独的两层小楼。我刚按响门铃,她就把门打开了。

“刘芒,你真的来了。”说这句话的时候,我能看出她此前的忐忑。我说:“你们家真大。”再次见到她了,我不知道要说什么,我觉得有点惭愧,而且感觉自己心里有鬼。她也答非所问地说:“这里就我一个人住。”我突然看着她的眼睛,她也在看着我的脸。如果我是流氓,我会抱着她,然后亲吻她,然后……

我是流氓,我一直是这样想的,但是,我只是说道:“顺子,我就是来看看你的,我想和你说说话!”我现在怀念起我哥来,如果他还在和顺子谈恋爱,我不会像现在这样觉得尴尬。其实,我就是一个流氓,我所有龌龊的心理都是正常的,至少别人不会觉得奇怪。就像你觉得柳下惠不是流氓一样。但是,我真的觉得柳下惠是个流氓,一个老流氓,这样的男人很危险,告子说:“食色,性也!”他坐怀不乱,我觉得他是想放长线钓大鱼,当然,也不能排除他有性功能障碍的问题,但我想,他的心里和我一样流氓。

一开始,我来的目的就有想和顺子续踢她下床没有完成的动作。我不能说我现在没有这样的想法了,我还在犹豫。

顺子说:“刘芒,你怎么想起来看我呢?”

我问她："你不高兴吗？如果是，那我走了。"我说这话的时候，我还在无限依恋地看着她的脸、脖子和一切裸露在衣服外面的肉体。顺子比以前更迷人了，和她相距一米都能闻到她身上的幽香。她看着我，问我："你好像不认识我一样地看着我干嘛？"说完，她的脸红了。

现在的顺子和我当初看到的顺子反差很大，当然，在她面前的我，也很不像当初的刘芒。

"刘芒，当初你为什么踢开我呢？"最终，还是她先开口提起从前。我其实有这个心理准备的，但是她提起的时候，我的心还是咯噔一动。"你看不上我，是不是？你觉得我很随便，是不是？"她情绪变得激烈。

"不是！"我回答。

她转身抱住了我，我和她再一次倒在了床上，但是这次我没有踢开她。她在我的脖子上狠狠地咬了一口，说："这是给你的记号，也是报复你当初踢我下床。"

如果真的有女人要报复我，我不知道死了多少遍了，现在我还活着，是因为最终她们都放弃了报复。

我大叫一声："你怎么像狗啊，还咬人。"

"我狗怎么了？我们还狗男女呢。"说完，她的脸上一片绯红。

那天晚上我睡在顺子的床上，我在想，我是进行了一次有预谋的流氓行为。其实，顺子也知道。她说，从我一开始打电话给她，她就知道最终的结果了，她也知道了我要来的目的。我问她："为什么你还这么做呢？"

她笑着说："我不想留下遗憾，因为我说过，我要看你是怎么流氓的。"看着她的眼睛，我突然想起，我们做爱的时候，她也是这么一直睁开着的。当时，这让我觉得很不自然，就像我和她做爱的时候，还有一个人在旁边静静地欣赏。说完之后，顺子背过身躺着，一动也不动，我也不知道她睡着了没有。我是没有睡着的，一晚上的大多数时间，我就睁大眼睛盯着天花板，其实，黑暗中我也看不到天花板，我就是眼睛向上睁开着。顺子无声无息地躺着，仿佛昨天的激烈没有发生在她的身上。

第二天一早，顺子对我说："我去给你煮面吧，你躺着。"

我对她说："还是我来吧，你只要告诉我面在哪里就可以了。"她不理睬我，坚决要自己去弄，她手忙脚乱地给我煮面，样子颇为滑稽，我在一旁呆立着，什么话也说不出来。我走过去，从后面抱着她的时候，她回头对我说："好了，可以吃了。"她将面端到我的跟前，我说："怎么就一碗呢？，你自己不吃吗？"她说："我早晨不吃东西的，你吃吧，我看着你吃。"我不习惯别人看我吃东西的，特别是她瞪圆了眼睛看着我吃面的样子。吃到一半的时候，我对她说："顺子，我……"她马上有点惊惶地问道："面不好吃吗？"我连忙摇手，对她说："顺子，我喜欢你！"她直愣愣地看着我，眼泪就在她睁开的眼睛里流了下来。

我问她："你哭什么？"她说："没什么！"我伸出手握着她的一只手，发现她的手在微微颤抖。我看着她的眼睛，她却垂下了眼帘。我对她说："顺子，你看着我。"她抬起头，我吻住了她的嘴，这时候，她的嘴唇也在抖动，完全不像昨夜。吻完后，她羞怯地说："你的嘴净是油。"说完在我的袖子上将嘴擦起来。

我只是傻笑着看着她，她也笑起来，突然装作生气地说："你真是个流氓，我的身体你也占了，我的面你也吃了，现在你得意了吧。”我说：“相反，得意的应该是你。”她问：“为什么？”我笑着说：“因为你得偿所愿，从此了无遗憾了，而且，你现在的愿望也得到了满足，更重要的是，你比我更得意，你真是个流氓。”

她说道：“我以为你多正经呢！”她看着我，嘲讽道，但脸上带着笑。

“刘芒，你知道我为什么会喜欢你吗？”顺子问我。“我不知道。”我回答。

“那你知道我什么时候开始喜欢上你的吗？”

“我不知道。”我还是这么回答。

“你很白痴哎，你怎么什么都不知道啊？”

我对她说：“是不是每个女人都会这么问自己喜欢的男人？”她说：“可能吧！”然后开始沉默。我说：“我喜欢活泼的顺子，不喜欢沉默的顺子。”她问我为什么。我告诉她，“如果你沉默，我觉得和我没什么两样，除了你的性别是女的外，如果你活泼，我觉得自己在喜欢一个实在的另一个人。”

她说，“我不知道。”女人就是这样，她能马上给你现时报。顺子对我说：“你长得一点也不好看！”

我说：“那你很贱，巴巴的要跟着我，还百般引诱我。”女人还有一个最大的毛病，就是她做过什么事情，在做完后可能死也不会承认。顺子马上说：“错了，我没有引诱你，是你自己送上门来的，而且，后来是你在引诱我。”我没和她争辩，和女人争辩永远都是徒劳的运动。

我真的喜欢顺子吗？我在心里问自己，得出的答案是，我自己也不知道。从我昨晚瞪着眼睛看天花板开始，我其实就开始迷茫？她在我心里究竟是作为一个什么概念存在？

我问顺子：“你确定我是真的喜欢你吗？”那时候，我变得无比真诚。她睁大眼睛看着我，突然笑起来：“你干嘛这么严肃？”我问她：“你回答我。”

她说：“这个问题没有一点意思儿，我拒绝回答！”

她是狡猾的，如果她回答了，不管答案是怎样的，我和她也许就此冷漠下去，但是，她没有回答。

当我将顺子带回家的时候，她很开心。说道：“我又到你们家来了，真是太有意思了。”她熟悉地在我的房子里穿行，问我：“你哥呢？”我说：“也许出去了吧。”

我哥就在他的屋子里说话了：“刘芒，你这小子终于也带女朋友回来了。”

我和我哥虽然还是没有什么话说，但是，我们之间倒也不是那种互相瞧不顺眼了，我想，也许时间真的可以磨平性格的棱角。就像那个白痴老师对我说，“建安七子”包括“三曹”，我没有指出他的错误，哪怕他说建安七子包括他，我也不会反驳，如果是以前，我会大声指出他的错误。我在想，他能混到大学老师这一步不容易，应该给他留面子。

我哥抱着他的女朋友就出来了，他又换了一个女人。同样的丑，同样的大胸脯。自从和顺子分手后，他的眼光就一泻千里，他说，他看女人的重心由脸蛋滑了下去，他看女人现在只看她们的胸脯大不大！我居然附和了他一下，说道，谁让我们是哺乳动物呢？他嘿嘿笑着，你小子说话还挺精辟的。我当时觉得自己很狗腿，真想狠扇自己两个耳刮子，我说是精屁还差不多。

我哥很瘦，活像林则徐禁烟之前的鸦民（吸鸦片者）。但他精力过人，因为，睡在隔壁的我总听到他们折腾到早晨。其实，我也知道，他很小就进行过这样的活动，他说，做爱也会上瘾的。我赞同这句话，因为说这话的人就是一个很好的例证。

他第一次给了我们一个大院的女人，那个女人最令人瞩目的就是胸口那两堆肉。现在她搬走了，但我哥很怀念她，以前，他总是这么念叨，那个女人怎么搬走了呢？搬到哪里去了？那时候，我觉得他感情很丰富。后来，他换到现在这个女朋友的时候，他才告诉我和那个女人之间发生的故事。

在我的印象中，那个女人的身体有点像巴洛克风格的画家鲁本斯画里面的女人，很有肉感，我想可以用德拉克洛瓦面对鲁本斯的画时说过的一句话，像是开人肉铺子的！夏天的时候她总是在那个公用的水龙头下面洗菜、洗衣服。她经常解开上面两粒扣子，我想，这倒不是她有意要这么做的，而是，她的胸脯太大，上面两粒扣子根本就扣不上，而且天很热，正好可以让它们透透气。我经常就看到她弯下腰时，露出那一对雪白的奶子。我能看得到，别人自然也能看得到，我哥就经常无限向往地看着她的胸脯。

越是默不作声的人，做出来的事情越是大胆、恐怖。当然，和一个女人做爱不是很恐怖的事情。我听过这样一则新闻，其实，这样的新闻经常有，我也不觉得再是什么新闻了，简直就是臭闻。新闻上说一个平时不怎么作声，平时也很规矩的人，竟然将人砍死，然后将尸首放在冰箱里，没肉吃的时候就切一块，平时还是若无其事的样子。至于怎么发现了，无非就是别人偶然打开了他的冰箱，发现了未曾吃掉的手或脚。我哥大概是不会这么做了，因为他变得不再沉默，现在危险的倒是我了，我和我哥现在正好相反了。

我哥告诉我，他和那个女人的经过是这样的，一天中午，别人都在午睡的时候，他却睡不着，因为他老是觉得两团白花花的东西在他眼前晃。他说，他能很清楚地感觉到那是那个女人的奶子。于是他溜到那个女人那里，那个女人正在午睡，一对奶子从她没扣好的衣服里钻出来，我哥就从没关好的门那里进去了，他扑过去牢牢地抓着一直诱惑他的那对东西。女人被他弄醒了，但是没有声张，她奇怪怎么会是我哥，便问道："怎么会是你？"我哥就说了两个字，"是我。"然后开始用嘴去咬。

那个女人的老公去了外地，至于在哪里，我们都不知道，他将女儿也带了过去，就剩下这个女人在这里。我哥在她胸前咬了一阵就开始脱她的短裤。那个女人对他说，其实，她也需要男人的。我想，我哥那时候根本就不能算一个男人。我哥说起这件事的时候，露出无限感慨，我哥就在她那里成了一个真正的男人。他的样子很好笑，但是，我没有笑话他，因为，即使他不去，那个女人可能也会找别人，因为就像她说的，她也需要一个男人。

后来，这个女人走了，她没说去哪里，走的时候，她来到我家，对我妈说："你们给了我很大的帮助，谢谢你们，我要离开这里了。"

我当时很不以为然，我觉得她太客气了，我根本就连话都没有和她说过一句。她来说谢谢我们，这里面也捎上了我。我觉得，我是白被她谢了。我哥当时脱口问道："你去哪里呢？"那女人没有再说，当天就走了。

现在我想，我哥后来找的这些女人，可能都是以这个女人作为蓝本。其中其实也应该包括顺子，因为顺子的胸脯也很大！

我哥看见顺子的时候愣了一下，那惊讶的神情一闪而没。顺子也好像不认识他似的！“这是你女朋友啊？”我哥对我问道。“这是你哥和他的女朋友吗？”顺子问我。我说是！

是的，他们都是好样的，如果他们去好莱坞，凭那演技，估计拿个奥斯卡奖没问题！

我哥抱着他的女人回房去了。

第四章 刘星

如果别人问我，你记得你的第一个女人吗？我会告诉他，我记得，是刘星！如果他再问我，如果你知道她在哪里，你会怎么办？我会告诉他，我会去看她。

真的就有人告诉我，刘星真的来了这座城市。我真的就跑去看她了。刘星问我的第一句话是："刘芒，我来找你了。"

我说："不，是我来找你了。"

她笑道："其实是一样的。"她问我，"你知道我结婚了吗？"我说："我猜到了。"

她又说："那你知道我为什么还来找你吗？"我说："我不知道！"她说："你知道的，你还是这么狡猾，你这个流氓。"

我说："你不说出来，我不能肯定我的想法。"

她说："那你先说出来，我觉得你说得对的话，我会点头。"我犹豫了一下，对她说："还是你自己来说吧。"

她大方地说道："因为我一直想你啊，所以就来找你了。"

我盯着她的脸，那张脸还是像以前一样粉嫩，很嫩的一张脸，上面敷了很厚的一层粉。我问她："你老公呢？"

她笑道："当然是一起来了，我一个人来他会放心吗？"我问她："你老公知道我们之间的事情吗？"

她说："我们之间有什么事情啊？"

对于女人，我真的弄不懂，她们柔弱的身子竟然能支持她们做那么艰难的事情，如果换作我，我是不会来的。但是，她却来了。

刘星说，这个世界上没有她不敢做的事情，只有她还没有想到的事情。这句话在她口里说出来，我一点儿也不觉得奇怪，因为我相信她能够。这时候，顺子还跟我在一起，她和我哥总是很礼貌地打招呼，她和我妈显得很亲密，她和我哥在一起的时候，她一共只来过我家三次，而那几次，我的父母都不在家里，我想，她如果去美国中央情报局上班都可以。我的哥哥和她在一起做得最出格的事情就是当着我面去偷袭她胸部的那一次。我相信这个事实，因为他们两个人说的都是一样，我哥面色尴尬地对我说："你怎么和她在一起了？"

我哥本来也变得不在意了，他其实也像个小孩子，只要手里有糖了，他就不会去抢别人的东西。他现在怀里躺着一个大胸脯的女人，所以他也并不在意我和顺子的事情。而且，他在顺子那里也没有得到过什么，现在更不可能了！

女人总是会弄出很多事情来，一旦她跟上你了，顺子对我说："刘芒，我是你女朋友吗？"我一边看着报纸，一边说："是啊，你问这个干嘛？"她没有说话了，继续看她的电视，一会她又问："刘芒，你还会喜欢别的女人吗？"我回答："也许会的！"这次她没有停顿地问："为什么？"我说："不为什么，你想想我的名字。"她笑了笑，说道："不，其实你不是。"

我告诉她："我是。"

真的，我当时还在想着刘星。

刘芒："你还没有说过你爱我呢."顺子说道。

我说："这很重要吗？"

她说："当然了，对于女人来说，这比什么都重要。"

我说:"我没有这么对你说过吗？没有，你只说过你喜欢我。"

我说："这就够了。"

她突然大声说道："当然是不够的，你难道不知道爱和喜欢是不同的吗？"

我没有抬头，说道："那你说来听听，怎么个不同？"

"你可以向很多女人说喜欢，但你说爱一定要很慎重。"她的声音有些激动。

我很奇怪地看着她，她今天显得有点不同。

我问她："你怎么了？"

她说："没什么，我不勉强你了，如果你不想说，我再怎么要求你也不会说的，如果你想说，我不提要求你也会说的。"

我走过去，将她抱在怀里，她很顺从地将头埋在我的胸口。

她对我说："刘芒，如果我离开你，你会想我吗？"

我抬起她的头，她的眼里流出泪来。

我说："我会的，我会非常想你！"这时候，我知道，我没有说谎。

一天，刘星打电话过来问我："刘芒，你家在哪里？我过来看你吧。"

那时候，顺子就在我的旁边。我说："不用了，我会去看你的！"刘星就挂了电话。

没过多久，我的门就被敲响了，我打开门就看到了刘星的脸，她很神气地笑着。

我说："你怎么来了？你怎么会知道我家住哪里呢？"刘星笑了笑，"这个很简单，因为我跟着你到过你家门口。"

我说："我女朋友在呢。"

她说："我就是来看你女朋友的。"

我有点奇怪。我一奇怪，眉毛就拧了起来，所以，如果我觉得奇怪，别人马上就能从我的脸上看出来。

刘星接着说："你不要觉得奇怪，因为我在路上曾经看到她和你在一起。"

我"哦"了一声，闪身让她进来了。

那个下午，刘星和顺子聊得很开心，我被晾到了一边，这是我没想到的。两个此前陌生的女人，竟然这么容易就熟络了。

刘星走的时候，大声对我说："我走了。"

我没有吭声，顺子说："欢迎你常来玩，并对我说，你怎么不送送别人呢？"

刘星看了我一眼，轻轻地叹了一口气，说道："不要送了，我离这很近的，不远。"

刘星走后，顺子问我："你怎么认识她的？"

女人就是这样，当面可能若无其事，一转身就马上会盘问你。

我说："我们很早就认识了，那时候我还不认识你呢。"

我的口气有点不耐烦，其实，我当时的心态就像一个做了错事的孩子却恼羞成怒地争辩。顺子笑了笑："我只是问问而已，没有别的意思。"

她走过来，摸着我的脸，笑容很灿烂。她的表情很反常，我觉得，虽然她的笑容那么自如。

我的一个老同学曾经问我，你最看不懂的是什么？我想都没想就告诉他，女人！我那个同学并不老，于是，他并不明白这些问题，或许，明白这个和年龄没有关系，以前我邻居的那个老鳏夫他就没有明白。后来他消失了，有人说他告别了鳏夫生涯，找到了爱情的第二春。当时我默默地听着，但心里在想，真是林子大了什么鸟都有，就他那德行还有人喜欢他，当然，喜欢他的估计也是一个又老又耐不住寂寞的寡妇。

我爸爸和那个老鳏夫的交情很好，因为他是一个很好的听众，而且，老鳏夫什么事情都说得够离奇。我爸爸回来后总是对我说老鳏夫很有水平。如果你具体问他老鳏夫什么地方有水平，他是回答不出的，所以，从那时候起，我就知道“有水平”是一个赞美别人最笼统的词语。因为我也这么用过。我想，我其实是很善于学习的。我赞美别人时总是说，“你太—— 有水平了！”别人也不好怎么说，只有嘿嘿地笑，即使心存不忿。

我的哥哥在陌生人面前说话文约约的，一看就是从书本上学的，我特别不喜欢，孟子还说过呢，尽信书不如无书。我觉得孟子特别前卫，比孔子要前卫。我想，这是必然的，就像比我后来生的这些人，就要比我懂得多，行为也开放得多，我和他们比起来，就像没有开化的野蛮人。于是，现在，我还是处在一种学习的过程中，也许真是要活到老学到老。

我最看不懂的是女人，第一次看不懂的女人是顺了。她总是给我惊喜，这次，她给我的是惊，少了喜。她那天从我家里回去后，就从我的视线里消失了，消失得很彻底。我想，她是早有预谋的。

我和顺子分分合合的优点像电影，因为后来，我真的又再次见到她了，这是后话，套用一句很古典的说法就是欲知后事如何，请听下回分解。

我读大学的时候，我的一个朋友给我算命，他说他善于看手相，而且看得很准，这样的话我大抵是不太相信的，如果我说我会看手相，我也会说我看得很准的，推而广之，谁都会说这样的话。

以前我对女孩子就这么说过，我想摸哪个女孩子的手，我就对她说，我会看手相，我能看看你的手相吗？这样，多数女孩子会乖乖地伸出右手给我，她们都知道，算命是男左女右。这个规矩其实我很晚的时候才知道，但是为什么要这样，却是直到现在还不知道。我认为，左右两只手都是她的，看哪只不是看啊？为什么还有这么多讲究？说到讲究，其实谁都讲究，就像我给女孩子算命，我也是挑好看的去给她算，不好看的，即使黏上我，可能都不会有这种待遇。我曾经很想说服自己不要有这种面孔歧视，因为我吃这个亏有很多年了，因为我长得一点儿也不伟岸。

看手相对于男人来说，只是搭讪的第一步，如果女人愿意，他们更愿意是摸骨，或者摸得更深人，更透彻。

我想，男人有想握女人手的冲动，女人就一定也有想被握的冲动，因为我就有，只要是女孩子，我对她们就有握和被握的冲动，那种感觉不是自已两手互握或是给男人握所带来的那种。

我很想把我对女人的伎俩说出来，但是，我觉得很多时候，人还是应该有一点儿秘密。我记得有个笑话是这么说的，一个女人问一个军事基地的军官，问他们的基地情况，这个军官问那个女人：“我跟你说了，你能保守秘密吗？”那女人马上说：

“我能。”那军官然后告诉她：“那我也能。”我想，其实这个故事一点也不可笑，他比一般的故事要严肃，因为他涉及的不是太生活的东西，他涉及了部队。

我读高中的时候就差一点儿去当兵了，我的表哥、表姐、表弟他们都是当兵的，后来又全部考上军校了，当了军官。我虽然这么说，但是我一点儿也不羡慕他们，因为，这是他们的生活轨迹，我连和我亲哥走的路都不同，和我那些表兄弟就更要不同了。

我妈一直希望我去当兵，那时，我们两兄弟，我当兵的可能性最大，一来我的年龄正好合适，我哥就超龄了，二来，我的视力好，而我哥是个近视。那时，我妈对我说这个消息的时候，我对她说：“你的这个希望永远作为希望存在，它距离现实太远了！”我妈刚开始没转过弯来，她对我说：“只要你愿意，我的希望不是马上能变成现实吗？”我笑了，我发现，人老了，的确很多时候比小孩还天真。

我妈对我说：“你去吧！当兵多好，吃住用都是国家提供。”

我说：“你们是嫌弃我了吗？”

我妈说：“哪能呢？”

我说：“那您就别说了，我不喜欢当兵。”

我妈还在嘟囔：“当兵多好。”

我说：“我不够资格。”

我妈很诧异，问我：“你去问讨了？”

我说：“是的，我问过了，他们说我政治觉悟不够，最主要的就是当兵热情不够。”的确，我对当兵是没有很大热情，我当时的热情都投到了对女人的欣赏上，因为，那时候，我还是青春期的晚期。

我没有当兵，我妈很是沮丧，她懂得希望真成了泡影，我看得出来，她并不希望有两个读大学的儿子，她也需要有一个当军官的儿子。因为，她不想看到我表哥他们的父母得意的神情，虽然，那是她的兄妹。她总觉得，我和我哥带来的光荣不够。

我的同学也常常这样感叹，他的母亲对他的期望值远远超过他自己对自己的估量。他的母亲是个老师，他以前一个同学的母亲也是老师，而他们的母亲又是同事，于是，两个女人没事的时候就将自己的儿子拿出来比较一番，但失败的总是我的那个同学，他的成绩一直比不上那个同学。他说，有一次，他考试不及格，于是将试卷藏了起来，但是，第二天他母亲回来怒不可遏，问他考试打了多少分，他一看事情败露，马上将试卷乖乖地交了出来，于是，自然免不了上演一场战争对和平的蹂躏。后来他知道了，事情就坏在他同学母亲的手上。她的母亲去学校，他的同学的母亲就问她，前两天我儿子他们考试了，试卷昨天批下来了，我儿子打了一百分，你儿子呢？他母亲说她当时很尴尬，因为他连自己儿子的试卷都没看到。后来，一回去就发生了前面的情节。

我的同学说那往事的时候，我在一旁说了一句话："过去了，你也节哀吧。"

我的同学说道，你说我能节哀吗？这是我心口永远的痛。我觉得，他应该说这是他屁股永远不能忘记的痛，这样更准确。

"后来，我就发誓一定要比那个同学强。"我的同学在说这句话时，有些咬牙切齿，全身绷得笔直，大概在那时候，往事又清晰地浮现在了他的眼前。后来，我知道，他做到了，因为他的同学虽然成绩很好，但不幸早早地去上中专了。而我的同学却考了大学。其实，我想，他还是悲哀的，因为，如果他的那个同学不早早地去上中专，可能会考上比他更好的大学。我的同学说了一句意味深长的话，“俱往矣，数风流人物，还看今朝。”

有时候，我觉得，他争的这些毫无意义，或许，他并不能算是争，而是在赌气。我也做过赌气的事情，而且，我深深地伤了她的心。而最不应该的，就是去给她看手相，如果没有给她看手相，我想，很多故事就不会发生，如果这些没有发生，那么，我还可以在那很长一段时间去争辩谁到底才是流氓。

第五章 刘静

如果你并不真正的喜欢一个人，而你又和她在一起，很多时候就是意气之争。我想这样的话，至少代表了一种思想，如果放到十几甚至数十亿人里面，这种想法应该还是很可观的。而且，我也问过一些朋友，他们的确有时候也是这样，看来，我和我的朋友们真的可以算是臭味相投。

在说我自己之前，我想再说一个朋友，之所以总是抹杀他们的名字，我这是尊重他们，因为，他们并不像我这么爱出风头，他们比我朴实，朴实在现在好像是一个带有某种贬义的词，但在我的口里，绝对没有这个意思，真的，我很想朴实，但是，我朴实不起来，有自身的原因，也有外界的因素，因为别人不承认我是朴实的。他们说，你整个一流氓，谈朴实是玷污了这个词语，所以，后来，凡是和实挂钩的词语就没有和我沾过边。

我的一个老师对我说："其实，你看起来挺老实的，我大为宽慰，但是，"他又接着补上一句，"其实，我觉得说一个人老实是在骂他。"

我问："为什么？"他诡异地笑了笑："在我看来，老实是愚蠢的代名词。"

我说呢？我和那个老师一向互相开涮，他怎么可能衷心地赞美我呢？原来，在那一刹那，我真的太老实了。

后来，我想说别人愚蠢的时候，我总是这么对他说，"哥们，你真老实。"

我说这话的时候不想引起战争，但是，不说不足以平己愤，所以才这么说，当然，对方根本就不知道你在骂他，但是，看着他乐的时候，我也跟着乐了，这就是骂人而不被人发现的乐趣。其实，这是很无聊的一件事，我觉得自己太阿Q了。后来，我也明白了，骂人就是要让别人不爽，如果单纯只是让自己爽了，那就失去了骂人所固有的魅力了。于是，后来，我就不说别人老实了。我自己却老实起来，我老实得骂别人爆之以粗口。我的老实还是让我吃了很大的亏，我曾经被别人揍得在床上躺了两天。那两天，我不是被伤痛折磨，而是，我在琢磨着下次是采取小人的方式，还是更君子的方式去对别人。

可是，事情往往是这样，当你打定主意想对付某个人的时候，对方往往用了别的方法使你泄气了。后来，我又碰到了打我的那帮人。我捡了块砖头就迎了上去，准备给走在前面的那家伙就是一下子，结果他迎上来说："哥们，上次真对不起，都是年轻人，火气大了点，将你打成那样，实在对不起。"对方在示弱吗？我不知道，我现在也不知道，换了是我，我很少会这么主动道歉。但是，如果是别人先示弱，我一定不会再追究的，所以，别人如果打了我一下，然后马上对我说对不起，我估计会放过他的。后来离开后，我想，他之所以示弱了，估计对方是看到了我眼中燃烧的怒火和手中那块坚硬的砖头，他一定衡量了一下脑袋和砖头碰撞的后果。后来，我听见别人对我的评论，千万别惹他，他是流氓。我估计是这两个字，而不是我的名字——刘芒！

我忘了这件事出现在我那次对女孩子的意气之争之前还是之后。反正，我强烈地记得这两件事，我经常将它们并列在一起。我没有打过女孩子，也没有提着砖头去见女孩子，如果是那样的话，即使我再有魅力，女孩子也不会喜欢我的，除非，我真的一砖头往那女孩子头上拍了下去，她从此就痴呆了，也不知道我是谁了。

“我是个冷静的人吗？”我问一个朋友。

他告诉我：“你表面上是。”

我说：“谢谢，这就够了。”

他说：“我还有下文呢。”

我说：“不用了！”这下文就像秃子头上的虱子，是明摆着的。他的下文肯定是，你表面是很冷静，其实不是。这样一个很明显的转折句子还要告诉我下文，那真是在寒穆我。

其实，他说地应该没错，我在他这句话上就不冷静了，我还问什么问？我隐约听见他在后面叫，但是我没理睬他，或许，我问别人只是想履行一道手续，并不想真正要什么答案，因为，别人给你的，不一定就是你心中的答案，即使他符合你心中的答案，那也不能证明那就是正确答案！

那一次，我知道了正确答案，但是，我还是没有做对，因为我不够冷静。我伤害了很多的人，于是，我一步步地走向真正的流氓之路。这也是后话。但做的这件事，却是前情，甚至比我和顺子之前，好像还在刘星之前。我对很多事情都记不真切。曾经，我妈问我，儿子：“你记得我哪天生日吗？”她问这句话的时候，脸上带着迷人的微笑，但过一阵子，它将不复存在。

我告诉她：“我不知道，我不记得。”

她问我：“你为什么会不记得呢？”

我说：“没有人告诉我！”

她还是问我：“我生日的那天你不知道记着吗？”

我很惭愧，我告诉她：“我没想到。”

她彻底地失望了，失望之余，她突然问我：“你自己的生日你总记得吧？”

我问：“哪一天？”

她重复了一遍我的话：“哪一天？”

我说：“对啊！我问您呢。”她仔细地看着我，然后摇头走开了！

当时，我觉得，很多事情其实特别简单，根本不要这么复杂的将这些事情记在心上，她和我生日的时候，别人肯定会来告诉你，所以不需要自己去记。这个人就是我哥哥，我一直觉得，记这些我认为的鸡毛蒜皮的小事，女人最在行，但我哥对于这些，比女人还厉害，所以，我称呼他是比女人还女人，除了长着个男人的身体外。

我身边其实是不缺少女人的，这种情况从我读高中开始，但是，我的高中没有女朋友，有我也不承认那是。因为，我竟然连手都没有牵过她们的。我有两种性格，很多时候我这么觉得。一种是流氓的性格，一种是君子的性格。就像说这个世界上没有纯粹的好人和坏人的分别，我认为，这个世界上同样没有绝对的流氓。我总是啰嗦地说着很多的废话，这和我本身有点相同，但又有点不同。这好像也是一句废话。我该说我和那个女孩子的事情了。

我认识她的时候，正是她的新生人学，那时候，我已经是老同志了，比她高一届。他们报到的那一天是个星期天，我从家里赶到学校，本想去寝室将东西放下，结果，寝室锁上了，我的钥匙从来就不知道丢到哪里去了。我是经常丢钥匙的，我妈对我说，迟早有一天，你自已也会丢掉的。我觉得这句话很有哲理。我对她说："是的，迟早有一天，我也会丢到地下去的。"我妈一听我说这话，马上脸色铁青。我知道她又想什么了，她最不喜欢听的就是不吉利的话，她很迷信的。她说，人如果说太多不吉利的话，自己也要跟着倒霉的。我不相信，我的姨夫像我一样口没遮拦的，就没看见他有什么不好。但是我姨跟我妈到底是姐妹，意识形态都很像。

没有钥匙，我也不能在外面傻站着，一个同学对我说："刘芒，今天是新生报到，你不去看看吗？"我突然想起来，我怎么把这事给忘了？我一直盼着这一天去看美女新生的。

我就背着我那个硕大的背包走了下去。在那里，我就见到了下面我要说的那个女孩子，她已经报完名了，坐在那里歇息，旁边围满了我认识的同学。她长得很清秀，这是典型的南方女子的形象，当然，我也很具有南方男人的形象。人如果长得漂亮，周围总会围满人，或者挤满注视的目光。我就那么径直走了过去，坐在了她的旁边，别人竟然都不敢坐在她的旁边，只是在旁边围着瞧，这让我很不屑，明明有色心，但是没色胆。我不同，因为他们叫我流氓，流氓就得有个流氓的样子，我觉得，这也关乎一个人的形象问题。

我坐了那个地方，很多人的眼珠子就大了起来，其实，周围的男同学都想去坐在那里的，但是，谁也不好意思去，我这个后来者却坐了上去。后悔也是没用的。

我问她："你是新生？"

她老实的回答："是的。"

我说："哪个班？"

她说："还没分呢，只知道是什么专业。"新生大都是这样的，至少这些新生都是这样。我那时候是新生的时候，张狂多了。

我问她："你手上是你报到的单子吗？"

她看了看手里，低声说："是的。"

我说："给我看看。"然后不待她回答，手就伸了过去。

她犹豫了一下，将手中的报到单给了我。其实，我没有看别的，就看了她的名字—— 刘静！和我一个姓，和我以后见到的刘星也是一样。

我说："你叫刘静啊。"

她说："对啊，上面不是写着吗？你还问？"

我说："我没别的意思，就是想证实一下你有没有写错自己的名字。"

她笑道："谁还会写错自己的名字呢？"

我说："我！"

"你？"她终于仔细地看着我了，然后说："看不出来"我问："什么看不出来？"

她说："看不出来你有这么笨。"

我说："但事实上我就有这么笨！"

"哦？那你说说！"她来了兴致。

我说："一次考试的时候，我心里还在想一个女同学，结果写自己名字的时候就写了她的，后来老师发试卷的时候，说，有一个同学竟然将自己的名字也写错了，这个同学就是我，而我写错的那个名字的同学就出现了两份试卷。"

她笑了，问我："你叫什么名字啊？"

我说："我是刘芒。"

"流氓？"她诧异地问道，看来，即使再怎么秀气的女孩子，也知道流氓是一个什么样的概念。

我说："我不是你想象的那个流氓，我是刘邦的刘，锋芒毕露的芒。"—

她说："我没有想别的啊。"

我说："你还要狡辩，你脸都红了。"

她不作声了，过了会儿冒出一句，"就当是我这么想好了，但刘邦也是流氓出身啊。"

我说："这话你可不能说，你也姓刘，难道你和我是一路货？"她有点不悦，"什么一路货，太难听了。"

我仰天大笑了两声，她更生气了，板着脸不看我，我也不理她，就那么坐了好一阵。在那段时间，我觉得她在偷偷地瞅我，但是不敢明目张胆地看。女孩子就是如此，她一旦觉得你是个奇怪的人，总是要忍不住要多看你几眼的。

在她又一次看我的时候，我猛地转过头看着她，问她："好看吗？"

她一下愣了，"什么好看？"

我笑道："我啊！"她窘道，不知道！

坐了一会儿，我说："我要走了，估计寝室要开了。"说完，起身就走了，转身走了一会，我又回去了，她看着我从她的身边提起我的那个大包，就那么一直看着我。

我们是一个系的，在一栋楼里面上学，她在我的楼上，正楼上。一次，我还走错了楼，跑到了她们教室，我推门就闯了进去，进去一看，才发现同学怎么都变了面孔。我知道走错了，我一声不吭地就往回走。在走出去的一刹那，在别人的笑声中，我看见她还是像第一天离开她时一样地看着我。她没有笑，只是睁大了眼睛看着我，我的观察一直很仔细，这可能跟我的专业有关，我是学美术的。自然，她也是！

别人曾经对我说，你是艺术家，每个艺术家都是流氓，所以，你很正常。

我没有觉得自己不正常，但是，我不赞同他这句话，你可以说我是流氓，但是千万不要说我是艺术家。我对他说，“你才是艺术家呢，你们家祖宗八代都是艺术家，我不是！”

他说：“你怎么骂我呢？”

我说：“你错了，我骂你，就像你用赞赏的语气说我是艺术家一样，我说你们家祖宗的时候，我也是心怀敬意的。”他见我说得诚恳，没理睬我，但是，再也不说我是艺术家了。后来，我又热衷于写小说去了。其实，我觉得，我在这两方面都没做好，这是一种巨大的失败。

我们经常碰面，不知道是有意安排的还是真是太巧合了。因为，我后来问过她，她没有正面回答，只是笑着。她的笑让我觉得，每个女人都是狡黠的，她们很会隐藏自己真实的想法。但是，我还是觉得，男人比女人更甚。我后来的一个同事对我说，他很会演戏，他说这句话的时候很是得意，当时，我很有正义感，真想甩他一巴掌，但是，我还是忍住了，我想听他说是怎么演戏的。谁能肯定将来我不会碰到相同的情况呢？那时候，我也许就用得着他的招数了。不管我是否承认，我的正义感真的只有很渺小的一刻或者一部分。

他那时候想甩掉一个女孩子，那个女孩子最美丽的时候就给他了。我见过那个女孩子，如果分两个阶段来看的话，那差别实在是太大了！我选取两端的时间来做个对比，第一次看到那个女孩子的时候，只是匆匆一瞥，她正坐在我那个同事的摩托车后面，一头长发在风中飘扬。那天，我和另外几个同事在街上走，我们不约而同地说了句，真漂亮啊，这小子怎么这么好的艳福？说是这么说，其实，我一点儿也不羡慕，在我看来，是别人的东西，你羡慕也没有用的，那不过是徒增烦恼罢了。我的视力很好，就是那一瞥我都看清了她的长相。

后来，我们问我那位同事："那个女孩子是你的女朋友吗？"他支吾道："谁啊？不是吧。"

我就知道，他并不是很喜欢那个女孩子，就像当初和她在一起一样不是因为爱。或许，说爱是一件很可笑的事情。

我另外的同事问他："你爱她吗？"

他说："爱？我不知道。"

"那你喜欢她吗？"

"喜欢？那倒是。"

我是早就明白了喜欢和爱并不是一回事。就像我哥，很早就喜欢那个胖女人，但他不爱她，如果有爱，那就是和她做爱。其实，爱这个字既可以是动词，又可以是名词。你爱她吗？这个爱是个动词，你和她做爱吗？这个爱是个名词。我不知道我这么说，别人是否会理解，大多数的人会将它和做爱混为一谈，觉得动起来就是动词，不动就是名词。男人很少喜欢将单独的一个爱作动词使用，爱一般是女人说的，所以，她们显得很被动，就像做爱的时候一样。

我的那个同事和我很合得来，至少在他那方面认为是这样。他给我讲起他和那个女孩子的故事，他说那些事的时候很煽情，我差一点儿被他感动了。所以，我想，如果我是一个女人的话，我会跟他在一起的，我还会这么感叹一句，他是多好的一个人啊！

我现在想在说我的事情之前，先说说这个好人。

“我追她的时候，我还没怎么接触过女人，我和她做那事的时候，我还是一个处男，她也还是第一次。”

他说这话的时候，一种很虚荣的满足浮现在脸上。我不知道，一个处女能代表什么，或许，这对于他来说，是一件很值得大书特书的事情吧。这样的满足我不能理解，因为，我碰到的那些女人都已经不是处女了，我当时想，她们之所以已经不是处女了，都是坏在像他这样的人手里。我没有谴责他，他的满足属于个人行为，我不是个封建的卫道士，我不想从道德上去谴责他。

我对他说：“你继续说下去吧。”

“我追她是一件很偶然的事情，我在街上闲逛就看见她了，我觉得她很漂亮，所以就一直跟着她。还好她没有发现，要不真把我当流氓打了。”

我瞪了他一眼，“当流氓打？”对我说这话很容易让我产生误会。我说：“你的故事一点也不新颖啊，很老套。”

他说：“是啊，可是就是老套的故事才更吸引人啊。而且，我还没说完呢？”

我马上说：“你继续！”

“那一天，她并没有发现我，那一天，我知道了她住哪里。更重要的是，我看见她只是一个人在走，这就证明她还没男朋友。”

我问他：“那是什么时候的事情啊？”

他说：“那是几年前的事情了。”

我继续问道：“那时候她多大啊？”

他仔细想了一下，然后还掰着手指算了一下，“好像还不满十八岁吧。”

我说：“现在她多大了啊？”

他回答：“二十二了。”

我哦了一声，说：“你继续回忆吧。”

他不满地说：“你到底还想不想听啊？不想听算了”我笑了，我马上说：“想听。”

他是找我诉说的，也许，他看我写小说，才将他的事情告诉我，希望我将来有朝一日能将他的事情写进我的小说，好让他的故事流传下去。我想，我这个人是很少让人失望的。但如果他的故事就是这样的话，我实在是太后悔写进来了，我自己都不想听，别人还会想看吗？

“第二天，我一大早就守在她家不远处。”听到这句话，我的第一反应是，他还是个多情种子，对于女人还真舍得花心思。如果是我的话，我估计没有那好本事。“后来，她出来了，我就又跟着她走了一天。”

我说：“她没事就出来瞎转？”

他说：“对啊，她就那么走了一天。”

我说："什么事情也没干？"

他说："看见商店就进去了。"

我问："那你呢？"

他说："我？当然是在外面守着了。"

我问他："中午她也没有回去吃饭吗？"

他说："没有，在外面解决的。"

我老是打岔，他有点放弃了流畅的叙说，他说："我和她的第一次就是在外面解决的。"我说："不会是在冬天吧，小心你们屁股上也起冻疮。"他说："那怎么可能呢？那时候，是夏天，天气热着呢。她那时候穿着裙子。"

我说："好了，我并不想知道她那天穿了什么衣服，达到了多少次高潮。你只要按时间顺序说下去就得了。"其实，每次都是我在打断他。

有一天，她终于发现了我，盯着我看了一会，我就迎了上去。她问我："我怎么好像老看见你啊？"我马上很惊喜地回答："是啊，真巧了，我好像也天天看见你呢，我们真有缘哦。"

怪不得他自己评价自己的时候说自己很会演戏，第一次当男主角，戏就演得这么好，再多磨炼磨炼，中国人从来没有得过的奥斯卡最佳男主角他去拿一定没问题，只是，他怎么去美国倒是一个不小的问题。

女孩子最相信的就是缘分，不管这个缘分是多么的虚无缥缈。谁看见过缘分长什么样子？我的一个同学说："缘分？我没见过，猿粪我倒是见过。"

不管见没见过，相信有就行了。这是一个女孩子告诉我的，她说，缘分这东西，信则有，不信则无。这话说得也太唯心了，这很容易地就让我想起我那个迷信的妈，这是她最常说的一句话。她经常威逼我像她一样去相信她的那套理论，其实，她的理论又是从我外婆那里传承下来的，我外婆又是从哪里得到的，我就不知道了，她们没说过，我也没问过。

我对我妈说："既然信则有，不信则无，那我不信行吗？"我妈当场给我棒喝："不行！"

我至今还记得，我的耳朵嗡响了半天。

我说："国家还规定了宗教信仰的自由，何况，你还这是迷信，怎么就变得这么不自由了？"

我妈竟然变得无比坚定地说："这个你一定要信，这是对你好。"

后来我想，我妈也就拜拜菩萨，找点精神寄托什么的，也不会去害人，所以，我嘴上就没有再反对她了。后来，她也觉得我与佛无缘，也就不再强迫我了，只要我老老实实地在旁边看着她的虔诚就好了。

我的同事接着说下去，在说之前，他对我说："你能不能不打扰我了，你让我好好说下去吧。"

他问我："你知道她叫什么吗？"

我说："我不知道，你没告诉过我。"

他说："哦，那我忘了，我告诉你吧，她叫文君。"

其实，他告诉我和不告诉我并没有太大的关系，我这个人记陌生人的名字并不擅长，最主要的是，我对她并没有企图。

同事像梦呓一样地开始了详细的叙述，我也懒得去打断了，只是心里对他不断地进行着点评。"

文君对我说，我好像觉得你在跟着我。"

我心想，这女孩子的直觉就是比男孩子强，她竟然也看出来了，其实，据说我那同事当时跟踪得很明显。

我说："怎么会呢？我们只是每次碰巧遇上了。"

她说："那可真是太巧了。你不上班吗？"

我说："上班啊！"

"那你现在怎么有空在街上逛呢？哦，我今天休息。"

"可是我昨天好像也看见你了。"

"那是因为我昨天也休息。"

我心想，幸亏她没接着问，你前天怎么也在街上呢？"你是在什么单位上班呢？"文君问我。

"我是在税务局上班。"

"好单位啊。"

"我问她，怎么好呢？"

"收别人的钱，别人还要讨好你啊？"

我心想，这话说得太好了，这个女孩子还挺聪明的嘛。我知道，这句话一定不是我那同事的原创，根据我的了解，他是说不出这样的话的。一句话形容他是一不学无术！他是接他爸的班的。这个单位还算是个肥缺，谁都想进来，原因就是像文君说的那样。

我的同事说了一句话，我想，可以给我做个借鉴，这话我在我一个女同事那里得到了印证：女人嘛，只要她一开始不是太讨厌，只要你舍得花时间去追，就没有追不到的。

我的那个女同事对我说："当年，其实，我一点也不喜欢我现在的老公的，但是，他一天到晚地赖在我的家里，我终于还是被他追到手了。"听了她这句话，我不知道她想表达一种什么样的情感，是悔恨？或是在炫耀？我没有看出来。

当时我对她说：“你后悔了？”

她说：“好像有点，不过，再找的话，我不敢保证还能找到比他更好的。”

我说：“那是，婚姻就像两个赌徒之间的赌博。”

她问我：“那你说，我是赌赢了还是赌输了呢？”

我说：“这个我不知道，这是你们两个在赌，我连看客都不是，而且，我还从来就没有赌过。”

她用失望的眼神看着我。

我说：“拜托你别这么看着我，好像我非礼你了似的。”她说：“你敢吗？”说完，挑衅似的看着我。

我没有说什么，走下楼去，结了婚的女人是最危险的，因为她们什么都懂，拿她的话来说是，我什么东西没有见过？

第六章 同学

我的那个女同事第二天告诉我，其实，她想说的那句话本来不是泛指，而是有针对性的。她这么说以为当时我没有明白她的意思，她这么说的话，她也太小看我了。不过，我还是很谦虚地问："那你到底想说什么？"她说："我想说的是，男人的什么东西我没见过？"我说："对，但应该说明的是，不是每个男人的东西你都见过。"她抿嘴笑道："那当然，你的我就没见过。"

我的同事后来就邀请文君去喝茶，她答应了。我听他这么一说，我想，原来，事情就坏在这里。其实，我大可不必觉得奇怪，因为，事情已经发展到了现在，所有的事情都已经呈现在眼前了，我又何必瞎担心呢？

我说："你就这么把她弄到手了？"他见我听起来没有多大的兴致了，于是也就兴趣索然地说："是的，后来我就对她展开攻势了。不过……"他强调说，"我是半年以后才和她做爱的。"我说："你觉得，这是我应该关心的事吗？"他想了一下，说：

“不是。但是如果你想听，我可以告诉你啊。”

我说：“那你还愣着干嘛？你说啊。”

“我们谈了半年后，我就觉得我应该和她来点实质性的事情了，这种东西就是这样，你不早点行动，说不定将来就要后悔。”

我插话道：“是吗？”

他说：“当然了，漂亮的女孩子不是只有你一个人能够看出来的，别人也有眼睛，也在直勾勾地望着呢。她能受我的诱惑，自然也可以受别人的诱惑啊，你看我，长得又不高，而且也不好看。”

我说：“这个是真的，别人也有眼睛，他们也能看出来的。”

“那天，我叫她出来，我们就来到了江坝边上，那里有很大的一块草地，平时晚上总有人在那里坐，去的都是情侣。”

我说：“你真会找地方啊，但草不会扎屁股吗？”他说：“扎啊，穿着裤子还可能扎呢，你说光着身子它能不扎吗？”

我说：“那你们还在那艰苦奋斗啊。”

他说：“的确像是，那天还毁了我一件外套呢？”

我问：“这是怎么说的呢？”

他说：“你对这方面比我笨吧。她还是处女，我将衣服垫在她的身子下面，你说，能不毁吗？”

他说完，别人就叫我了，“刘芒，你看对面那女孩子长得怎么样？你视力好，你看看。”

我告诉他们，不怎么样，屁股太小了，胸部也太平，整个一太平公主。拿《鹿鼎记》里韦小宝发明的一个名词就是“人棍”。

我的那个女同事特别喜欢和我说话，而且老喜欢和我说起她的老公。我见过她老公，长得很不错，比我可帅多了，我是根本就不能用帅来形容的。她的老公经常来接她下班，我们那些男同事经常在后面起哄道：“你老公可真是模范丈夫啊。”

我去单位的时候，她结婚已经两年多了。我在的那个地方，别的都不积极，就是生孩子还比较积极。结婚没几个月，保证那女的肚子就开始鼓了起来。

我的一个男同事对我说：“我那时候结婚是没有办法了，老婆肚子已经很大了。我爸问我，你看那女的肚子已经这么大了，谁都知道是你弄的。她爸妈都找上门来了，你说怎么办吧？”

他哭丧着脸问：“怎么办呢？”

他爸说道：“我问你呢，你倒问起我来了，这个事情要你自己想办法解决，你说怎么办吧？”

他说：“要不结婚算了？”

他爸说：“随你，你打定主意了没有？”

他说：“其实还没有，我现在是什么主意都没有了。”

他爸笑道：“你弄大她肚子的时候怎么那么有主意呢？”

他说：“那主意是别人帮我出的，他们带我去找女人。”

他爸还是笑道：“他们？他们是谁啊？带你去找女人，你就想找不花钱的啊？”

他说：“他们说这样的女人干净啊。”

他爸沉默了。

“因为……”他说：“我们家有这种遗传，当年，我爸爸就是碰到这种事情就把我妈娶了过来。现在轮到我了。”

我说：“那是，你很好地继承了你父亲的衣钵，你父亲一定老怀宽慰。”

他横了我一眼，说道：“我好像并没有这种感觉，他并不高兴，他对我说，你外面还有女人吗？”我不知道他为什么要这么问，我以为他试探我，我马上说没有，只有她。结果我爸就说，那你就娶她吧。你只要做好结婚的打算就行了，其他的事情就由我和你妈来办吧。”

我说：“你爸妈真好啊。”

他说：“是啊，我结婚的还没他们累呢。”

他还说：“不过，我还是不后悔，我这个老婆还可以，你说是吧？”

我说：“这个我不能说，即使我觉得不好，也不能说出来对你造成什么不好的影响，如果好，我也就更不要说了。”

他问：“那是为什么呢？”

我笑道：“因为好得没话说啊。”

我想，他除了搞大他老婆的肚子是他自愿的外，其他的并没有让他操多少心，所以，他并不确定这次婚姻是否是他真正满意的。而且，他告诉我，那时候，他的确还和一个本来要花钱的搞在一起。

“不过，她只收别人的钱，并没有收过我的，一次也没有。”他说。

“后来，她不做那种事情了，对我说，只要我娶她，她给我她所有的钱。”

我好奇地问：“有多少呢？”

他说：“不知道，但是，我想这并不是一个很小的数目。”

我问他：“你没兴趣？”

他说：“有啊，刚一开始我就对她的人有兴趣，要不我也不会和她做了。我这个人找小姐，一定要挑她们里面最好的。

不过，如果我爸知道我找了一个这样的女人做老婆，他一定会气得跳楼。”

我说：“你不娶她，她反正也要嫁人的啊，而且，你不也睡过人家吗？”

他说：“这个我知道，但是，和她结婚我的确也不会。”

他很实在，因为，他顾及自己的面子，男人就是如此，你说的话可以说得很淫荡很下流，但是，你要他和一个淫荡的女人生活在一起，他是不会去干的。因为，他们会觉得自己还有面子在。我也是个男人，一个被别人称为流氓的男人，在他们面前，我实在还不够格。

他的老婆我是见过的，长得很漂亮，当时，我有点惊讶，我一直认为，我的那个同事喜欢漂亮女人，他并不是那么自愿地和他老婆结婚了，他的老婆就一定长得不怎么样。但是，我见到的这个女人很漂亮，而且，显得很有修养。

我对我的同事说：“你娶对人了。”

他说：“是吗？”

我说：“是的，我没有骗你，我说的是实话。”

他说：“别人其实都说我很有福气，可是，我就是觉得少了一点什么。”

他不知道少了什么，但我知道，他少的，就是当年的那份自愿。如果重新来过，我觉得，他如果能找到他现在的老婆，那他才是真正福气人好了。

他的儿子和他长得很像，连性格也是一致，他那么小，就喜欢漂亮的女孩子，那天，他从幼儿园回来，就对我们说：“我今天亲了一个小朋友。”看着他得意的神色，我心想，又一个未来的流氓诞生了。我问他："你为什么要去亲她呢？"

他说："我喜欢他。"答案简单直白粗暴，估计跟他当时的动作很像。

那天，我从他们家离开的时候，碰到了我初中的一个女同学，我准备避开她，但是，她已经发现我了，很热情地迎上来叫我："刘芒，怎么很少看见你啊，你去哪里了？"

我说："我没有去哪里啊，我一直在家里，要不就是上班啊。"

"是吗？"她说："那你这是从哪里出来啊？"

我说："我刚从同事那里出来，你又是去哪里呢？"

她笑了笑："我吗？不去哪里，在街上闲逛呢，我们一起去逛街，怎么样？"

我说："下次可以吗？"

她问我："你有什么事情吗？"

我说："没有。"

她说："那就一起走走吧。"

我说："其实，我怕别人误会。"

她看着我，突然大声笑了起来。

我说："有什么问题吗？"

她反问道："你是刘芒吗？"

我说："我不是刘芒我是谁啊。"

她还是笑道："那怎么有这么大的区别呢？"

我说："有什么区别啊。"

她说："你名不副实了啊。"

她是个厉害的女人，她将了我一军，我只有陪她逛街。她还问我："你要是真有什么事情，你可以不陪我。"我说："没有什么事情。”

她问我：“你知道吗？我结婚了。”

我说：“是吗？”

她说：“是的，你不知道吧，那时候你在外面读书，我也没有通知几个同学。”

我说：“如果你通知我，我会来的。”她笑了笑。

“你知道吗？我并不喜欢现在的老公。”

看着她的这张脸，我突然觉得她长得很像我的那个女同事。

我说：“那你为什么嫁给他啊。”

她说：“因为，我怀孕了。”我张了张口，半天没有说话。

她还是说道，一开始，他说不会有事的，结果，我就相信他了。男人都是不可相信的。她最后发了这样一句感慨。

我说：“是的，你说得对，他们只会骗你和他上床。”

她看着我说道：“你也是男人啊，你怎么这么说？”

我说：“我同时就是在说自己啊，你忘了吗？我还是名副其实的。”

好像每个嫁了人的女人都会不满意自己现在的老公，人本来就是会很快相互厌倦的。

她说：“我的老公现在外面有情妇呢。”

我说：“那又怎么样？”

她看着我，一副怨妇的神色。她说：“我对他说，那我也去找情人。”

我笑了笑：“这也许也是一个好的办法，但是，你太吃亏了啊，你行动比他晚了这么多。”

然后，我问她：“你现在找到了吗？”

她看着我，眼神有点暧昧：“还没有，正在找呢，一般的我不喜欢。”

我饶有兴趣地问她：“你想找什么样的？”

她突然问我：“你觉得我怎么样？”

我呆了一下：“你？很好啊。”

她说：“如果我做你的情人呢？”我没想到她会这么说，虽然我一直和她暧昧的说话，但如果真要发生暧昧的事情，我可没有做好那个心理准备，而且她说做我的情人其实是不符合事实的，如果真的成为情人，那我是她的情人，主动权在她手里，我顶多就是一替代品，一颗棋子罢了。

我说：“这个玩笑可不好，容易出事。”

她说：“我现在就想出点事。”

我说：“你难道想这样去刺激你的男人？”

她笑了：“刺激他？我没兴趣，如果是为了刺激他，我不会这么对你说，我是刺激你。”

我说：“别开玩笑了。”

她笑了：“看把你吓得，我是在开玩笑了。”

她这么一说，我反倒想，我还真希望是真的。

走了一会，她突然对我说：“我不想逛街了。”

我问：“为什么啊？”

她说：“你好像怕别人看见你跟我在一起似的。”

我说：“没有！”

她说：“有，我看得出来的。”

她很厉害，的确，我不想别人误会，因为我们只是碰巧遇见了，而我们现在这种情况并不像碰巧遇见的。

她说："我知道，我结婚了，而你没有，而且，我和老公不和，你怕别人以为你是我的情人，是吗？"

我没有否认，我说："是的。"

"那好吧，你和我去我家吧，怎么样？"

我说："干嘛？"

她说："不干嘛，我们是老同学了，同学见面，说说话总可以吧。你一个大男人，难道还怕我吃了你啊。"说完，她笑得弯下腰来。我想我一个大男人，她一个女的，她都不怕，我怕什么，我这叫光脚的不怕穿鞋的。或许，她也是这么想的。

我问："你家在哪里啊。"

她问我："你没去过？"

我说："没有。"

她想了一想，说道："对，你的确没有去过，我以为你去过呢！去的是以前班上的另一个男同学。"

我说："过去的事情没必要说了，那些事情太遥远了。"

她说："不，好像就在眼前，就像你一样，此刻就在我眼前。"

我说："那是不能比的，我是活生生的人，那是事！即使是我，也变化很多啊。"

她装模作样地上下看了我一阵，说道："没有，你没怎么变化，男人不同女人，岁月很容易就能给女人留下印记，而男人就少得多。"

我说："你错了，也许生理上少一点儿，但心理上的沧桑是一样的。"

她笑道："是吗？我正准备问你生理上有什么变化呢。"

我也笑道："即使有，你也不一定能看到啊。而且，你也没有我以前的记忆来作为参照啊。”

她家是单独的两层小楼，像一个四四方方的积木，户与户之间都相距几米远，一律是用铁门隔绝了与外面的联系。其实，这也是我们那一带根本特色，凡是私人住宅，基本上都是这个样子。

她打开铁门，自己径直走了进去，铁门里面是院子，进人房子还有打开一张铁防盗门。我笑道：“你们的防盗工作做得挺好啊。”

她边开门，边笑道：“我可不希望将防盗工作做这么好，这样的话，没有人进来盗我啊。”

我说道：“那你现在不是引狼人室吗？”她打开了门，手扶着门，让我进去，但给我的空间很狭窄，我侧着身子进去的时候，她的胸和我的胸蹭到了一起。

里面装潢得很精致，我说：“你家很好啊。”我刚说完，感觉到她从后面抱住了我。她将头靠在我的背上，说道：“你知道吗？我即使想引狼人室也是有选择的，而你，是我最好的选择。”她的双手互扣在我的腹部。

她说话的声音不像在街上的时候了，现在，她的声音要温柔得多。她说，刘芒，我一直想找你的，但是，我太久没和你联系了，不知道你回来了，也不知道你竟然回来上班了。

我一边剥开她紧扣的手指，剥开一根，剥第二根的时候，那根马上又合拢了。我说：“别这样，我们说说话吧。”

她倔强地说：“我不是在说话吗？让我这样抱你一下吧，好不好？求求你了。”

我说：“这样如果被别人看见就不好了。”

她笑道："谁啊？谁会看到呢？你说的别人是指我的老公吗？如果是指他，你大可放心，他很少回来了。"

"但是，我还是觉得不好。"

"不好？呵呵，你不像以前了，以前，你可以公然说自己是流氓，而且，你竟然敢真的去耍流氓！"

"但那是开玩笑的，当不得真的。"

"那以前，你写给我的情书呢？"她说道。

我知道她最终会说出这样一句话，但是，我是真的没有爱过她，写情书在那时候就像我的一个爱好，就如同有人喜欢用蚯蚓钓鱼一样，我喜欢用情书去钓人。只是我的爱好独特一点儿，她们不知道罢了，即使知道，也不了解罢了。那时候，班上超过半数的女孩子都收到过我的情书。但她们估计互相不知道，因为，她们那时候都很保守，我也知道她们不会将自己收到情书的事情说出去，只会在独处的时候没事偷着乐。而我正是抓住了她们的这种心理。我想说明的是，那时候我已经是初中了，读书环境也有所改变，小学我是在乡下读的，而从初中开始就是在城市读的。

我对她说："情书？那也是开玩笑的，不算数的。而且，那时候，我写出去过很多。"

她说："我不相信。"

我说："即使你不相信也没办法，因为这是事实。"她说："我还留着你的情书呢。"

我很好奇，因为我完全不记得我当时写的情书是什么样子了，也许可以酸掉别人的大牙。我中学以后好像也没有再写过情书了，现在能看到以前自己的手书，不能不说是一件很令人兴奋的事情。

我说："那你找给我看看。"

她说："你一定要看吗？"

我说："让我看看吧。"

同时，我知道，这样可以暂时摆脱她。

她说："你是不是不想要我抱着，所以才这么说？"

我说："不是。"

她幽幽地说道："既然不是，那我就要这么抱着你。"

我说："这样吧，你别从后面抱着我，到我前面来吧，让我好好看着你。"

她绕到我前面，头低着，我说："你还是将我写给你的情书给我看看，让我好温故而知新。"她依然倔强地抱着我，说道："那有什么好知新的，我现在希望你知旧，就是只记着我。"

我说："那怎么可能呢？我记得很多女人的，我很花心。"

她说："什么花心，我还知道你很流氓呢。你花心又怎么了？我又不是说要嫁给你，我是要你做我的情人。"

我说："我没有做别人情人的经验，只有别人做我的情人的经历。"

她说道："那就更好了！我还以为你还从来没碰过女人呢。"说完，她大笑起来。

她开始解我的衣服，男人和女人抱在一起，而且又都是寂寞的人，不出事才怪，而且，我根本也不讨厌她，更重要的是，我喜欢女人，喜欢她们的身体。

她说："你还敢嘴硬你不要吗？你都有反应了。"

我说："这是正常的啊，难道你没有吗？"

她说："如果我说我没有呢？"

我说："那也正常啊。"

她问："这是为什么呢？"

我说："你本来就不是来享受的，你是来报复你老公的。"

她说："你错了，我看到你以后就忘记我是要去报复我老公了，我如果是要报复，就是要报复你！"

我说："那是为什么啊，我又没有辜负你什么。"

她说："你就是辜负我了，你以前写过情书给我，现在说那是开玩笑的，我这个报复就是现时报。"她说完这句话的时候，她已经解开我最后一粒扣子了。

我说："你仿佛比我还冲动，你想达到什么样的程度？难道我们要真刀真枪地干一场吗？"

她笑了："我就是这个意思，我一开始也就是这么盘算的。"

第七章 同居

我得再接着说说我和刘静，她是我学生时代承认的第一个恋人。很多人对第一个和第一次有很深的印象，我的第一次我已经说过了，剩下的自然就只有第一个了。我想，刘静自己也没有想到，她会成为我的第一个，可能，一开始我自己也没有想到，因为我想到了才是奇怪了，那我有未卜先知的特异功能。我想，谁都希望自己有特异功能，谁都喜欢将自己一些可能没有多少科学根据的猜测理解成为特异功能。

至于是否有特异功能，我是一点儿也不知道，但是我的同学曾经有过，这是他说的，他说，不但他有，很多人都有。这我得说一个人，据说是一位气功大师。我是相信有气功这回事的，但要我相信能隔空取物，而手段是仅仅凭谁也没有见过的意念，那是打死我也不相信的。如果说哪个气功大师拿着一捆炸药去炸银行，结果抢得了多少钱，那我是相信的。

我的同学很多就去练了，还说那个气功还分段数，就像围棋一样，最高的是九段。其实，围棋最高的不是九段，因为日本就有十段。反正管不了那么多了，授业的气功大师说最高是九段就是九段，因为，那段数的划分也是他来弄的，不相信他的还能相信谁呢？他们不光自己去练了，还撺掇我去练，我不感兴趣，觉得那太玄了，据说是一大群人待在那体育场里，就那么傻坐着，老师就在上面发功，所有人都能感受到，坐得离大师近的人，当场还会被气浪推得东倒西歪。当时我想，这老师真厉害，比刮风照顾的人还多，比飓风还强烈。当时我赞扬了一句，真厉害啊！我那同学以为我有兴趣了，马上对我说："你去不去？"我说："不去。"他很诧异，觉得我不思进取。为什么这么说呢？那时候成绩好的同学都去了。

其实，如果那一次不去，还有好多次机会可以去，因为不断地冒出更多的气功流派出来了。那时候，我们那个小地方全民气功了。我们家却岿然不动，我爸是学过气功的，还给人瞧过病，但他不喜欢说出来。这一点美德我还是将它记在心里。

后来，谁也不练了，因为他们练的气功穿帮了，据说，掌门（他们说是叫创始人，其实就一个意思）在无奈表演穿墙的时候碰破了头。我就说呢，练什么气功啊，表演穿墙还是先练好铁头功吧！

刚一开始，我只是有点喜欢刘静，但没有想追求她的意思，这点我是绝对不会撒谎的，你想啊，流氓都有人叫出去了，承认追求一个人对于我来说是一件难堪的事吗？可是，人就是这么奇怪，你对别人没意思，但是，如果你撩拨了别人的心弦，你是想跑也跑不了。好像也就是从这时候开始，我的感情就改了航道了，以前是我追求别人，被别人嗤笑，后来，就是别人喜欢我了。后来，我在歌厅唱歌的时候老喜欢点一首民歌《翻身衣奴把歌唱》，后来我明白了，我不是有强烈的民族情节，而是我在得意。其实，这有什么啊，追人和被追不是很正常吗？但是，追和被追的心理差别可就太大了。依我以前的经历来看，你追人，你就是处于被动，心理优势就没有了，你得看别人的眼色行事，半点也马虎不得。

后来我想，我对她并不好啊，我也照过镜子，我的相貌也没长进多少，虽说长得还端正，但也绝对说不上帅啊，图我什么啊？我问过她："你喜欢我什么啊？"她回答得很含糊："我也不知道，一开始就喜欢你了。"我说："一开始是指什么时候？就是一见面的那一瞬间吗？"她回答："是的！"我说："那你有点花痴，至少比我还花痴，你长得这么漂亮，我还没一见面就喜欢你了呢，而且，我是一流氓，按常规来推测，应该是我要主动喜欢你！"她问我："难道你就没有主动先喜欢我？"我说："好像没有。"她有点不乐意，但不乐意也没办法啊，事实好像就是她先喜欢我，我只是先注意她。这是有根本的区别的。

她说："如果让别人知道是我先喜欢你，那我多没面子啊，在别人面前，你就说是你先喜欢的我吧。"

我说："那不行，早知如此，何必当初呢？"

她看了我好一会，钻进被窝说，："那你今天晚上别碰我。"

我说："好的。"

到了下半夜的时候，她翻过身来，抱着我，说道："你真不碰我啊。"

我说："我这是尊重你，你懂吗？"

她说："你这是骗人。"

我说："你知道就好。"

她说：“那我收回说过的话，成吗？”

我说：“话有可以收回的吗？”

她说：“你就看在我是美女的份上，不跟我计较吧。”

我说：“你这是在示弱吗？”

她说：“就当是吧。”

那时候，我觉得年龄优势就现出来了，我生于20世纪70年代，而她是20世纪80年代，先别说年纪具体差了多少，至少说出来，我们有一个年代的距离啊。她怎么比得上我老谋深算呢？

她也对我说：“刘芒，我觉得你真是流氓。”

我说：“你为什么这么说啊。”

她说：“我早想说了。”

我问：“那你为什么现在才说啊，而且，你不说我也告诉你了啊。”

她说：“你的手段很高明。”

我说：“你凭什么这么夸奖我啊。”

她说：“你就是等着我先喜欢你。”

我说：“这关我的事情吗？我没对你死缠烂打，我给你充分的时间和空间去选择，你还是跑到我的怀里来了，你说，这能怨我吗？”

她说不过我，于是笑着说：“我不管，你就是老流氓。”

我说：”你别这么说，这个流氓也不是谁都能做的，他要具备多种素质，我觉得我还欠缺了很多。”

她说：”我觉得，流氓所应该有的你都有，别的流氓没有的，你也有。”

我说："那真是太好了，我在流氓界终于修成正果了。"如果是美女，周围总是不缺乏追求者的。她一进学校，还在她们搞军训的时候，我的同学就告诉我，你知道吗？今年新生里面有一个美女哦。我说："这有什么奇怪的，来了这么多女孩子，出个美女不稀奇，如果一个美女都没有，那才是奇怪的事情呢。"

他说："我打听过了，她的名字叫刘静。"

我说："是吗？"他看我好像不怎么热心，便跑到旁边跟别人说去了。

其实，我不是不关心，而是，这对于我来说，这早就不是新闻了。不过，我还是理解了，一个女孩子要是长得漂亮，将是一件多么麻烦的事情，但是，如果长得一点也不漂亮，我想，那是一件更为麻烦的事情。

有天，没事的时候，我就说起了这件事，刘静有点得意地问我："当时还有人对你说起我啊，那他可真会找人啊。"

我说："那是，谁叫我们刘静是大美女呢？"

她不喜欢别人叫她大，特别是我的口里，她总说，我大吗？我是美女，这是正确的，但是，我是小美女。

我说："甭管是大是小，反正，只要你是美女，他就没说错。"

我这话说得好，看来她很满意。其实，甭管她是不是美女，你只要称呼一个女人为美女，她就会将镜子摔碎来配合你。

我说："红颜祸水啊，你刚进学校，别人就知道你了。"她说："那应该与我无关吧，我没有为自己宣传过。"

我说："但这还是因为你啊，每个女人都会说不关她们什么事，男人冲冠一怒为红颜这是男人的问题，如果，你这个女人长得很丑，他会为你冲冠一怒吗？"

她说：“你那是胡说八道。长相是父母所生，这能怨我们女人吗？”

我说：“当然得怨你们啊，不过你是女孩，不是女人。”说完，我的眼光在她身上上下扫了一遍，贼笑道，也确实是女人了。

她看着我不怀好意的眼神，狠狠地挖了我一眼。我接着说道：“女人愿意去整容，去隆胸的，无非就是去诱惑男人，吸引男人的视线。如果，她们去整丑一点儿，这些悲剧不就不会发生了吗？”

她笑得喘不过气来，嗔道：“就你想得出来，你去问一个女人，谁愿意花钱去让自己变丑啊。”

我也笑道：“我是发发牢骚而已，如果你长得太难看，我估计也不会去喜欢你了。”

她说：“这个我早就看出来了。同样的，如果你长得不成人样，我也不会喜欢你。”

我说：“如果我长得不成人样，那更好啊，整个就是美女与野兽了，这可是最佳组合哦。”

她问我：“你是什么时候开始喜欢我的？”

我说：“好像女人都喜欢问这个问题，而且，你为了得到这个答案，问过我很多遍了。”

她说：“是吗？我怎么不觉得呢？”

我说：“如果你觉察出来了，你还会问吗？就是因为你从来不觉得，所以，你才会一而再，再而三地问啊。”

她说：“如果不是你一而再，再而三地不回答，我会问这么多遍吗？”

我说：“你的意思是我不对，是吗”

她说："你认为呢？"好像很多女人和我待久了，那口气都变得令人生厌。我在厌烦她们口气的同时，我问自己，这问题难道真的出现在我的身上吗？

我说："我不记得我是什么时候喜欢上你的，我是懵懂地上了贼船。"

她说："好像我很有心计似的。"

我说："难道你没有吗？"

她说："我没有。"

我说："你有！"

她说："我没有！"

我说："你有！"

很多时候，如果争论成为几个字反复地倒来倒去，那是令人倒胃口的，那样的争论也变得极其无聊。我倒是喜欢这样的争论，因为我的无聊远远多于有聊。

争论的最后是她先泄气，她说："的确，我承认，我的确用了手段，但是，如果，你不喜欢我，我随便用什么手段，那效果都等于没有用手段啊。"

我说："这句话说得有点道理，的确，我那时候喜欢你，但是，你知道吗？男人如果说，我喜欢你，他的意思是，我只是喜欢你而已，我并不爱你。"

她说："如果男人说我爱你呢？"

我说："那表明他的潜台词是，我爱你，只是现在爱你，以后爱不爱你就不知道了。"

她说："你是哪一种呢？"

我说："这话是我说出来的，你说，我属于哪一种呢？"她说：“你不是，是吗？语气有些哀求。”

我说：“也许吧，但是，你不要忘了，我是一个普通的男人。”

我是实实在在地追过刘静，不管是出于什么心态。而且，那件事闹得全校都知道了，连我们那一向不管事的校长都知道我的大名了。

这就是刘静口中说的手段，其实，她也知道我有点儿喜欢她了，然后，她为了试探我是否真的喜欢她，特意假装和我班上的一个男同学谈朋友。其实，我后来冷静地想了一下，这根本就是不可能的。她早就跟我说过，我那个同学追求她，她并不喜欢他。但是，当我见到他们的假恋爱时，我还是冲动了。其实，我虽然飞扬跳脱，但做事决不冲动。除非他做的那事等于做爱，不过，这也不是我的特性，每个男人在做爱的时候都会冲动的。不冲动不符合男人的动物性。

那天晚上，我对我的两个狐朋狗友说：“我喜欢对面女生寝室的刘静了。你们帮我的忙叫一下。”他们马上说道：“你这是长兄弟志气的举动啊，我们一定鼎力支持你。”我说：“长什么志气啊，你小子把我捧得太高了吧！”他说：“这不是因为我跟你是兄弟才这么说，别人都说，谁追到刘静就是壮自己的威风”我说：“你们真喜欢将一件行动上纲上线，你们早生那么一二十年，‘文革’你是一员好的闯将。”

他们嘿嘿地笑道：“那样的时候我们是赶不上了，现在，我们哥俩就想帮你将目前的运动给做得漂亮就行了。”

他们问我：“我们是来文的还是武的？”我说：“还有什么文武之分吗？”他们说：“那是当然啊！”

我说：“那你们说说看看，文的怎么来？武的又是怎么样？”

他们得意地说道："文的是我们弹吉他，你唱，然后向她表达你喜欢她啊。每一个女孩子都不会拒绝这种方式的，再说了，没有什么风险，别人也会支持的，更重要的是，我们还练习了一下吉他。武的就是什么也不管，直接撕破脸皮站在窗口喊吧！"

我说："那还是来文的吧。"

他们笑道："你最终还是会选择最直接的方法的。"

我说："甭管等下用什么方法，先来这个文雅一点的吧！"

刚开始效果很好，我对着对面叫道："下面，我要送首歌给对面寝室的刘静。"说完，我就唱起来。唱完一首以后，刘静倒是没反应，对面其他的女孩子叫开了，再来一首，唱得好啊！

来就来吧，我又唱了一首。其实，我当时傻透了，目的达到了就可以了，搞太多容易让人生厌的，但是，让人生厌也是一种宣传的方式，就像现在的广告一样，喜欢将几句无聊的话或一个画面重复几遍，让你烦不胜烦，这样，你不记住它才怪，如果你真的记住了它，它的目的那就也达到了。我很早就知道了，这个世界是一个吸引别人眼球或耳朵的世界。你以为我仅仅唱了几首歌就完了，那你就太小看我了。

我说："哥们，这个效果不好，对面别的女的还以为我们在这里搞演唱会呢，刘静不会以为我在借这机会勾引别的女孩子吧？这样吧，我们就来直接的。"

我站在窗前，运足丹田之气，对对面叫道："刘静，我喜欢你！"

我叫完，我的两个朋友就叫道："刘静，刘芒喜欢你！"

这一叫不要紧，对面笑成一片，本来，两栋楼就相距不远，对面的议论我还可以听得很清楚，呵呵，流氓喜欢我们这里的女孩子啊，这么叫，还真是流氓不假。我看到刘静的寝室干脆将窗帘剩下的一点缝儿都拉紧了，我又接着叫起来，也不管别人怎么议论了。

我们三个人那天晚上一共叫了一个小时零十分钟，我们是看了表的。为什么散场了？是因为校长来了。校长对我们说：“我在办公室就听到这里叫了。你们三个人没说错，你们都是流氓。”

我说：“校长，你弄错了，他们不是流氓，我是刘芒。”

校长一听，火了：“你倒还挺有义气的，我说过了，不但你是流氓，他们也是！”

我说：“校长，你说错了，我说的刘芒是指我的名字，我叫刘芒，刘邦的刘，光芒的芒。不是耍流氓的那个流氓。”

我的那两个同学在旁边暗暗发笑。校长说：“你这种行为是流氓行为，我没说错。我不管你是不是叫刘芒，你去我的办公室给我去写检讨吧！”

我说：“你说错了，喜欢一个女孩子怎么是流氓行为呢？我这是感情的自然流露，难道你没有喜欢过人吗？”

校长说道：“你居然还敢这么说？看来应该给你记一次处分。”

我说：“我这是属于情不自禁的行为，我们年轻人，做事可能没怎么想，记过我看就不必了吧，这样吧，检讨我是愿意写的。”

校长说：“那好，你就写检讨，然后复印几份，贴到各个系的门口吧。”

我说：“别的系也要贴吗？他们又不认识我，也起不到警示作用，我这样只是叫叫太小儿科了，他们不这样，他们来实在的，他们同居。”

校长脸色一变："同居？有吗？我们学校有同居的？"我说："校长，我就看到张老师和一个女人同居。"校长一听恼了："胡说，那是他老婆。"

我说："这样啊，我不认识他老婆，我以为他和一个学生妹同居呢，他老婆真够年轻的。"

第八章 小翠

检讨我也不是第一天写了，我读高中的时候就写过很多次，其中一次在写检讨的时候，顺便狠狠地讽刺了我尊敬的校长。我那时候的校长姓雷，我们都叫他“雷老虎”，老虎者，必定性情凶猛，嗜血成性。我们那校长就具有这种特征，那次，也是他勒令我写检讨。看完一遍之后，他又仔细看了几遍，对我说：“原来你在含沙射影地骂我啊！”我那时候也特别笨，不闪不避地说：“您说是怎样就是怎样吧。”

这次，我又写了一遍检讨，不过后一次写得隐晦多了，他没有看出来，但是，我觉得特别失望，打击一个人，却没有让他明白，那就失去打击的意义了。

我的检讨写完后，校长很不满意，他说：“明白的知道你在写检讨，不明白的还以为你在写情书，你认为你这样的检讨可以通过吗？”我说：“校长，但是我写的是事实啊。”校长说：“我是要你实事求是的写，但你不会将不应该出现的语句去掉吗？”我问：“哪些呢？”校长说：“譬如，刘静，我喜欢你，真的，我一开始就喜欢你了。”我说：“这是我事情的经过啊，这是我站在窗口说的话，去掉这些，那我什么也没做了。”

校长说：“我要你从心里检讨，不是要你写这些细节。”我明白了他的意图，然后又写了一篇给他，他看了还是不满意。说：“你没必要说，我知道这是不应该发生的事情，虽然我喜欢她，但是，我也不应该站在窗口喊，这样的影响太深远了，我应该低调一点，找个机会当面向表白。你说，这样的检讨可以吗？”

我说：“校长，那我实在不知道该怎么写了，写心里的感受不行，写自己的行动细节也不行，我就是这么想的，这么做的，那我该怎么写呢？”

校长想了好一会，然后对我说：“你叫刘芒，是吗？”我说：“是啊，想不到连您也记住我的名字了啊。”

校长说：“你说我能不会记住吗？你的名字这么有特点，我想，现在学校里知道你的名字的人比知道我名字的人还多。”

我说：“这个很有可能，以前，我就不知道您的名字，您不经常来学校的，即使您在什么典礼上讲话，我们也是离您很远，当然不记得您啊！我觉得，您应该和学生打成一片。”

校长笑道：“你倒是对我提出建议了啊？”

我说：“对不起，我忘了，我一下子有将心里的实际想法说出来了。”

校长沉默了大概一分钟，对我说：“你也不像一个存心做这件事的学生，这样吧，检讨你也别写，只是下次别做这么流……嗯，无聊的事情。知道了吗？”

我说：“当然，我知道了。”

我的两个朋友趴在门口探听里面的情况，我一开门，他们差点摔了进去，一看见里面的校长，马上豕突狼奔。他们问我：“刘芒，校长怎么就放了你？”

我说：“不放我，难道他还请我在他的校长办公室住上一晚啊？”

他们说：“看不出来，校长长得跟屠夫一样，居然这么轻易地将你放了。”

我说：“屠夫？那我成什么了？”

这次事件让几乎全校的人知道两个人的名字，当然是刘芒（流氓）和刘静，我想，最大的受益（受害）者就是刘静。

我对她说：“你说，我那时候是帮了你？还是害了你？”

她笑道：“当然是害了我啊，因为以后就有人老盯着我看，然后丢下一句话，她就是刘静啊！”

我笑着说：“那他一定有两个意思，一是真是名副其实，还有就是，不过如此嘛。”

她说：“的确是这样。后来，我不得不找你了。”

我说：“不见得吧，你不是还喜欢过我的同学吗？”

她说：“你现在还不明白，我和他是假的！”

我说：“也真难为你了，搞得跟真的似的，还有，你害得他以为你真的爱上他了。”

“可是，我已经向他道歉了啊。”

我说：“道歉就可以了吗？就好像我打了你一个耳光，然后马上对你说对不起，你说，这有实质性的意义吗？”

她说：“你这是在帮谁说话呢？”

我说：“我只是在说事实。我一说起事实，就想起我在窗口叫刘静的情形。”

她说：“你这是得了便宜就卖乖，我现在不是成了你的女朋友了吗？真正打他耳光的是你，不是我，况且，你是他的同学。”

我说：“我们别争论这个了，显得有点无聊。”

当两个人开始回忆一些无聊的事情，那说明，他们有可能开始觉得感情在他们之间已经成为一件无聊的感喟。或者说，他们觉得感叹本身都已经是一件无聊的事情了。这个时候，最好是回忆一些自己觉得值得的美好的事情。

我问刘静：“小静，你有什么值得回忆的特别有趣的事情吗？”她想了想，说道：“有趣的？没有！”我有点失望，她显然想都没想就开始回答了。她转过脸来问我：“你有吗？”我仔细想了一下，以前觉得有趣的事情，现在想起来，一点趣味也没有。

我说：“我好像也没有！”

谈恋爱是一件令人愉快的事情，真正确定了恋爱关系，你很可能就忘记了追求时的艰辛与趣味了。其实往往追求得越是辛苦，得到了便会越是不珍惜，因为这个过程是一种纠结和倔强在支撑着，就像一个橡皮筋，不断地用力，将它的韧性达到顶点，再放回去，已经不复最初的模样了。

我突然想起曾经给我丰富联想的小翠。我是有十多年没有见过她了，也不知道她现在怎么样了，估计早已经嫁人甚至已经有了小孩。

其实，我最先喜欢的女孩子可能就是小翠了。但是，我和她的接触并不多。她比我大上好几岁，身体发育得也比较早，这在当时是一件很不寻常的事情，在我的印象中，那时候的女孩子发育得都比较晚，长到十六七岁了，胸部可能还是平的，屁股也还是扁的。但小翠不是，那时候，她也就是十四五岁的年纪吧，但是，胸部已经挺起很高了，屁股也很翘。有些无聊的大人就说，她一定被别人搞过了，要不，不会发育得这么好。可谁也不知道搞她的那个人是谁。虽然就算承认也不是多么要紧的事情，但是，谁也没有承认，她自己也不会说啊。

小翠虽然骂过我流氓，她并不讨厌我，她骂我，其实是因为我在后面撒尿，并且看见了她的屁股。她到外面拉屎，是因为乡下的厕所里面蚊子太多了，比露天的地方密度要大上很多倍。

后来的某一天，我对小翠说："你的脸虽然晒得有点黑，但你的屁股还是很白的。"说完，我嘿嘿地笑起来，其实，她也不会真生气，真实的东西都还见过，何况现在只是说说呢？而且，在乡下，这样的话算不了什么。她说道："你真流氓，当然是这样了，我的脸在外面，屁股有裤子裹着啊。你的屁股也很白，不信你脱下来瞧瞧！"

我说："你想看啊，那我脱了。"

她马上说："别，你真要流氓啊！"过了一会儿，她笑道："不就是屁股吗？那有什么稀奇的，你以为我没见过啊？"

我说："你能见到自己的屁股吗？它长在你的后面啊。"她说："你怎么这么笨啊，我说的当然不是我的，是别人的屁股。"

我说："你真的看过啊？"

她马上觉察出我的话里有问题，问我："你听说了什么？"我说："没有什么，你不是说看过吗？我只是奇怪"她呜了一声，没有再追究。

我问她："你看过谁的屁股啊？"她笑道："你的！"我说："这是不可能的，一般只有我看别人的，别人没看过我的。"她说："你骗人，你妈难道没看过吗？”我说：“那是不同的。”她问我：“有过没有？”我说：“有！”她说：“那就是了啊。”

我现在才明白，真的年纪大一点，那心思也诡诈一些。

我说：“小翠，你真漂亮！就是黑了点！”

她假装愠怒道：“呸，你能叫我小翠吗？你比我小那么多，而且，按辈分来说，你应该叫我姑。”

我说：“按辈分？怎么按啊，我姓刘，你姓周。虽然你爸和我爷爷差不多大，但说不定你爸就和我爸一辈的也说不定呢。”

她说：“那你也不能叫我小翠啊。我至少比你大吧！”

我说：“村里很多比你小的都叫你小翠，他们叫得，我为什么不能叫啊！”她不再理我，我也不理她，一会儿，我姑姑来叫我回去吃饭，我就跑了出去，临出门时，我大声叫道：“小翠，小翠！”然后大笑着跑掉了。

我们那个地方池塘很多，每个村子前面肯定有一口大的塘。乡村里也没有自来水，洗衣服就在那里面，吃的水就是前面的一口井里，那口井是我爷爷挖的，一村人都在那口井里吃水。一开始没有挖井的时候，全村人就喝那池塘里面的水。所以，全村人都很感激我的爷爷。我爷爷也算个知识分子，虽然他一共只读了六年书。

有了井以后，我们就喜欢在池塘里面洗澡，没井之前，大人们是不准我们在里面洗澡的，他们会说：“你们洗完了，我们就都喝你们的洗澡水和尿了。”夏天的时候，人和牛都喜欢泡在水里。塘边有一块大的麻石搭成一个平台伸到塘里，我就喜欢站在上面练跳水。

那天，天气很热，我去池塘里洗澡，但小翠在那里洗衣服，我说："小翠，让我过去跳水。"她说："你直接下去不就得了？还搞什么跳水啊？"我说："这样有意思一点儿。"小翠就挪了挪身子，让我过去了，我站在上面，头朝下一蹿，我觉得自己当时的姿势肯定优美极了，整个动作很完美。我那时候穿着宽松的短裤，往下一跳，水的冲力将我的短裤给冲走了。这可是个问题，小翠还在上面呢。我伸出脑袋就马上又沉下去摸索，就是没找到我的短裤。小翠问我："你在找什么啊？你丢了东西吗？"我说："没有。"她说："我想你也没有，你就穿了一条裤衩，能丢什么东西呢？"

我找了半天，也没找到，小翠洗完衣服就要走了。我有点急了，我也顾不上那么多了，我问她："小翠，你看见我的裤衩了吗？"

她笑道："你没穿在身上吗？"

我说："我跳下去的时候冲掉了。"

她说："那你找啊，问我干嘛啊？"

我说："我找了，就是没有找到，我才问你啊！"

她问我："你的裤衩是不是蓝色的？"

我说："是啊，你看见了吗？"

她说："看见了，你穿着下去的时候我就看到了。"

看着我有点着急，她从盆子里拿出一条裤衩问道："这是你的吗？"我一看，可不是我的吗？

我说："你真无聊，你怎么拿到了？"她说："你一跳下去，你的裤衩就浮上来了，我就拿着放在盆子里了。"

我说："快给我，我说怎么找不到呢？"

她笑道："给你可以，你给我看看你的屁股。"

我说："你有毛病啊，看我屁股干嘛啊？"

她说："因为你看过我的啊。"

我说："不行，你把裤子给我。"

她说："你不给我看？那我走了。"

我看她真要走了，没办法，只有从水里慢慢向岸边走，然后抬起屁股给她看。

她才笑道："好了，给你，这下公平了。"

我穿上裤子，从水里急跑上岸，追上她，对着她的屁股就是一巴掌，然后跑掉了。那一巴掌给了我一种很真切的感觉，很柔软。

我听见她在后面骂："你，真流氓！"

我一直认为，小翠是一个奇怪的女人。那时候，我根本就不理解她，现在我还有有点不理解，因为她和我后来遇到的女人有很大的区别。但是，我又觉得，后来我认识的女孩子身上总是有点她的影子。

晚上，我正在吃晚饭，就听见小翠在外面叫："刘芒，你出来！"

我想，坏了，她记仇了，不该打她屁股，想到屁股的时候，我看了一下手，虽然，那只手正在拿着筷子，但是，我还是感到一阵温热。

爷爷对我说："好像小翠在外面叫你呢。"

我说："不是吧，她叫我干嘛啊？"

小翠不依不饶地在外面叫唤，我只得出去，刚走到门口，我就看见小翠叉着腰站在屋前的土坪里。我看了一下，又缩了回去，对她说："我还在吃饭呢，等会出来。"

小翠说：“你快点！”

吃完饭，我走了出来，小翠还保持着这样的姿势。我说：“你找我做什么啊？”

她居然立马换了一副面孔，笑着对我说：“你干嘛摸我屁股啊？”

她说这话的时候，我吓了一大跳，我当时生怕别人会听见，而自己也觉得好像真对她做了见不得人的事一样。我红着脸辩解道：“谁摸了你屁股啊？”

她说：“你！”

我说：“那不是摸，那是打。”

小翠挑衅似的看了我一会儿，说：“你是不是想摸？”

我梗着脖子说：“想！”她都敢说，我有什么不敢说的？

她又笑了：“呵呵，你想得美。”

说完，将放在腰间的手放了下来。转了个九十度的弯往她家走，小翠的屁股很圆，那时候，我还不知道有个词叫丰满，如果那时候我懂了这个词，我一定觉得这个词更贴切。她走路一扭一扭的，我们那时候很鄙视这种走路方式，我们称那叫“骚”！其实，我知道，小翠平时不是这么走路的。

小翠几次在我的面前自毁形象，我不知道她要干什么。小翠在快要进门的时候停住了脚步，站了一会儿，转过身对我说：“刘芒，我们去后山玩玩吗？”我说：“现在天黑了，去那里干嘛啊？”小翠显得有点失望，说：“你不想去啊？”我看着她，想起了她的屁股，就对她说：“好吧，我跟你去！”

我们靠着一棵松树坐了下来，其实，这不是一个好的选择，不时有松针掉在我们的头上，但是，我们谁也没有挪窝。小翠对我说，刘芒，你和别人不同。我说，这个我知道，别人也这么说。她笑了，看着我盯了好一会儿，我看着夜空，天上的月亮很圆，我看了看她，她的脸在月光的照耀下显得很白，松树的影子没有罩在她的脸上。

小翠问我：“你平时老盯着我看，为什么？”

我说：“因为你好看。”

她说：“是吗？”

我说：“是的，你怎么知道我在看你？”

她说：“这是我感觉的，因为我是女人，女人的感觉很好的。”

我笑了笑，说道：“我的感觉也很好。”

她问道：“为什么？”

我伸出了打她屁股的那只手。说：“你的屁股真软。”小翠向我靠了靠，说道：“你好痞！”

我说：“小翠，你胸脯我还没摸过，应该更软吧？“说完，我站起来，跑了。

第二天，一大早，小翠又在我门口叫我了，我跑出去，她看见我就笑了，左右看看没人，就小声对我说：“你到我们家来吧，我们家没人。”我说：“我家也没人，我爷爷他们出去了。”她说：“那我去你家吧。”那天，我隔着衣服摸到了小翠的胸脯。小翠本来是想要我直接伸进去摸的，但是，我没有。我说：“隔着摸一摸就可以了。”也许，我是想，以后还有机会吧。

可是，以后却没机会了。我和她超友谊的关系也就仅限于此。我离开了爷爷那里。这一离开，我以后仅见过小翠两次了，两次都是匆匆一瞥。

我觉得，那时候，我不流氓，小翠叫我流氓我也不承认，她自然也不是真心的，我认为，那时候，我们其实不知道什么是流氓。连流氓的概念也没有。小翠给了我最初的男女体验，那种体验很大程度是精神上的，不是肉体上的，而且手段虽然有些直接，但是，心理确实非常含蓄的。

后来，我将这段事情告诉了刘静，刘静说：“原来你都流氓这么久了啊，历史够长啊，我一直还蒙在鼓里呢。”

我说：“你是不是还产生了一种上了贼船的心理？”

她笑道：“你怎么知道？你是不是又有什么特别的经历要告诉我？”

我说：“我哪有那么多的经历啊。”

刘静盯着我的脸，上下打量着，说：“你不诚实，因为你眨眼了。”我说：“我不眨眼我不是死人了吗？”她说：“刘芒，我现在才发现，我一点也不了解你。”

我说：“男人是用来爱的，不是用来了解的。”

她说：“也许吧，但是，你爱我吗？”

我说：“你怎么又来了？”我对她说：“我整天将爱挂在嘴边就是爱你吗？”她说：“如果你这么吝啬说爱，我又怎么能确定你爱我呢？”

我觉得这样的事情真是糟糕极了，男人和女人总喜欢为一点小事争吵，吵着吵着，事情就不再是小事了。

我马上制止了事态的继续扩展，我说：“小静，我是喜欢你的，现在是，将来也是！”我那一刻觉得自己圆滑了很多，我以后肯定会喜欢她，我可以保证，至于将来怎么发展，谁能保证呢？即使以后我们不在一起了，看见她，我的心里仍会告诉我，我喜欢她，至少回忆的时候我是这么想的，我喜欢过她！

我不是一个太喜欢安定的人，这也许是我性格决定的吧，我不喜欢平淡如水的日子，而刘静相反，她渴望这样的生活，但是，她犯了一个严重的错误，正如她说的，她并不了解我，她因为不了解我而和我在一起了，一点也不了解。男人虽然不是用来了解的，但是，基本的一点你要明白，他大概的性格是怎么样的。如果你连这一点也不知道，那说明那个女的盲目得有点吓人。后来，我犯过这样的错误，我让那个女人了解我太多了。那样，只有两种下场，一是你离开她，二就是她抛弃你。其实，说是两种下场，其实就是一种结果！

当然，最初，我也犯了一个错误，这是我对自己犯的，因为，一开始，我还是不了解自己，我以为自己喜欢安定，而这个错误我一直犯了很久，直到和刘静分手，我都没有明白过来。我在离开她后，痛苦过一阵子，然后就不再痛苦了，然后，我变得很坦然了，最后，我只是偶尔想起她了，想起她的时候，我在女人的身上，而对象不是她。

我和刘静分手的时候，事先没有任何征兆，那天，我们一起手牵手地去买了菜，还买了一瓶红酒。

回来，我切菜，刘静就在我旁边帮忙洗菜，我们像往常一样打闹。吃饭的时候，刘静对我说：“刘芒，你觉得我们在一起适合吗？”

我说：“没有什么不适合的，你怎么这么问？”

她说：“你知道我是怎么想的吗？”

我说：“你到底想说什么？”

刘静停顿了一下说：“其实，没什么。”

我说：“一定是有什么，你说吧。”

刘静问我：“如果我和你分手，你会恨我吗？”

我说：“这话我如果问你呢？”

她说：“如果是我，我会恨你的。”

我说：“我不会，如果你有了选择，我何必恨你呢？”刘静沉默了一阵，说：“你这么说的话，我明白了。”我奇怪地问：“你明白什么啊？我不明白！”

她说：“你明白的，你知道吗？你其实并不爱我，你承认吗？”我看着她坚决的脸，说道：“也许吧。”

她笑了笑，笑容有点凄楚，她说：“刘芒，谢谢你对我说实话，事到如今，你还是像以前一样坦诚。来，喝一杯吧！“

我问她：“你怎么今天突然说起这些了？”

她说：“也许，今天是个好日子吧。”

我说：“也许是的，今天几号？”

她说：“我不知道！”

分手的时候，两个人总是说着笨得不能再笨的话。这是我的一个朋友曾经对我说的，的确，不论是大吵大闹，还是平静的分手，说的话都没有多大的纪念价值，要纪念的是以前的一些平凡小事，也许，现在说的也是小事，但是将它拿到分手时说，就多了一份沉重而成了大事。

喝完那杯酒，刘静说：“我要哭一会儿，你别管我。”

我说：“你哭吧！我不拦你！”

她哭着说了一句：“我的眼泪你拦得了吗？”说完，就开始哭起来。她说是一会，我就相信了，其实，女人说出的时间永远是不能相信的，如果你真相信了，那证明你是一个傻瓜，如果你觉得无所谓，那么你或许还有救。

刘静的一会儿很长，她哭得很伤心，中间偶尔擦一下眼泪，还说了一句话，我是不是哭得太久了？你有没有笑话我？就又接着哭。我很耐心，说：“你哭吧，我陪着你。”她说：“没关系，反正这是第一次也是最后一次对你哭了，你就忍耐一下吧。”

我说：“我知道！”

刘静说：“我明天搬走了，反正我家近，你明天上课吧，不要理我。”我说：“不要我帮忙吗？”她说：“不用了，够麻烦的！”

第二天，刘静真的将东西搬走了，她搬走得很彻底，她竟然连学校也换了，我是听她的同学说的。我问他们，“刘静转到哪所学校去了？”他们一脸的诧异，“你不知道？”我说：“我不知道，你们告诉我吧！”她们说：“我们也不知道！”

我生命中的女人大多像刘静一样神秘地走了，当然，有的走得很彻底，有的以后不久就见到了，有的我想以后的岁月里也有可能会见到！

第九章 双燕

我前面说的初中同学叫凌双燕，她排行老二，她上面有个姐姐，叫凌燕，她的爸爸想生个儿子，后来，没想到生下她一看，还是一个女儿，就又给她生了一个弟弟，她们家有两个女儿，大概是为了表示纪念吧，她就成了一个纪念性的符号了，她就被取了这个名字。她的弟弟的名字更有意思，叫凌一男，意思是他是他们家生的一个男丁，但我想，你是一男，你爸爸是什么呢？凌双燕说起她们家的时候，我就表示了疑问，她说："你钻这个空子干吗啊？我告诉你，不是要你挑刺的。"我说："你的意思是我只要听着就可以了？"她说："我大概就是这个意思吧。"我说："那你还不如不说！"

那天，我和凌双燕滚倒在床上的时候，我问她："我们这样偷情是不是不好？而且，我本来也没这个意思啊。"

她说："没关系，我有这个意思就可以了。"

我说："女人事后总会后悔的，你现在应该想清楚。"

她说："你怎么这么啰唆啊，好像你是女人似的。"我说："你这是侮辱我，你以为我不敢啊？”说完，我开始脱她的衣服……

凌双燕问我：“我是不是还像以前一样漂亮？”我说：“不一样，你和以前比起来，变化很大。”每个女人都虚荣，她会重复地问你对她的感觉，女人总是很在乎和她亲热的那个男人的感觉。其实，很多女人都有一种身体的恐惧，她生怕她的躯体在你的眼中不完美甚至难看。可是，她忘了，有几个女人的身体是完美的呢？她们这么问，其实是逼迫男人去说谎。可是，她们就是喜欢听那样的谎话，如果你如实告诉她你的感觉，说明你太不了解她们了！

凌双燕问我：“我的变化是往好的方面变化呢？还是往不好的方面？”

我说：“这个我说不上来，我不知道你所说的好的标准是怎么样的，就像我不知道你们认为的流氓的标准是怎么样的。”

凌双燕笑了，她用一种很妩媚的眼神看着我，问我：“你觉得我温柔吗？”

我说：“你自己认为呢？其实，做都做了，你何必在乎别人对你的感觉呢？”

她说：“你叫我怎么会不在乎呢？我的老公就是说我不温柔。”

我说：“对啊，你是有老公的，我差点忘了。”

她说：“我就是要你忘记我有老公这回事，其实，他存不存在对你影响有那么大吗？”

我说：“话不是这样说的，对我影响不大，但是，你毕竟不是单身。”

凌双燕对我说：“难道你不想再来了？你就这么走了？”我说：“我是肯定得走的，早走迟走不一样是走吗？”她说：“对，你只是我的情人罢了，你走吧！”

我从凌双燕家走出来的时候，我发现天色已经晚了，也就是说，我一下午的时间就消耗在她的床上了。我安静地走着，街道上车来车往，人来人往，但在我的眼前只是一个个飘忽的影像，我想去想一点什么东西，但是，真正要想的时候，我发现我的脑海中没有一件事，一个人是完整的，这很像我说的话和我写的东西。

“刘芒！”有人叫我，我抬起头，循声望去，街对面有一个人在向我招手，是我的一个同学，是一个高中的男同学。等前面的一辆车过去，他快速地跑了过来。“你怎么一个人低着头在这里走呢？”

我说：“无聊嘛，所以，一个人就这么走走了，你呢？干嘛去？”

他笑道：“像你一样，同样无聊。”

我说：“要不咱俩去哪个地方去坐坐？”

“好啊，我也想找个人喝点酒呢。”原来，像我一样无聊的人还是不少的。

我找了一个熟悉的酒吧，这里所有的服务生都认识我，因为，有一段时间我几乎每天晚上在这里，我们走到门口的时候，站在门口的女服务生弯腰说了一句“欢迎光临”，马上给我拉开了门，她笑得很甜蜜，我也冲她笑笑，我问她：“楼上还有座位吗？”

她说：“有的，您自己上去吧。”

我对她开玩笑地说：“我不自己上去，难道你代替我上去吗？”

她们笑了笑，但不敢笑得太大声，因为老板娘就在吧台后面坐着，老板娘早就认识我了，见我来了，站起身说道：“你来了。”语气很平静和习以为常。我冲她笑笑，算是打过招呼了。

我的同学很是诧异：“你认识？”

我说：“我和她早就认识了。”

他说：“这个女的长得挺有韵味的。”

我说：“你认为什么是韵味？”

他说：“大概就是她那个样子吧！”

我的同学这么说，我才真的仔细地瞧了老板娘一下，也许他说的真是事实，但是，我不感兴趣，也许就像一个笑话里面说的，太熟了，不好下手吧。我说：“她有韵味，分得你也没戏了，她已经结婚了。”我的同学笑了笑：“这你就错了，少妇比少女有意思，你不知道吗？”我说：“我知道又怎么样呢？”他说：“知道，你就也去找一个啊，知道你就介绍介绍她啊。”

我想男人的面目真是差不多一个样子吧，真的就像贾宝玉说的一样，是泥做的骨肉，污浊不堪。我说，我不好介绍，你喜欢她的话，你就自己想办法吧。说完以后我想，说他喜欢她实在是不贴切，他怎么可能是发自内心的喜欢呢？顶多是有做爱的兴趣吧。

我和他走到三楼一个靠窗的座位坐下，这是我常坐的一个位置，我喜欢看夜幕下穿流的车辆和人，街的对面是一个大的超市。人们喜欢没事的时候到里面去捡一些并不是十分用得着的东西。我觉得，超市可以满足人劳动的欲望，其实，我也喜欢去超市瞎逛，我除了看东西外，更多的是看有没有美女。我这么对和我一起逛超市的朋友说起的时候，他说，你真流氓，一个坦白的流氓。其实，我是自己坦白了，他却没有坦白，结果，那些没有坦白的，眼光落在女人身上的时候要大大超过我。

我问他：“喝点什么？白的？啤的？”

他说：“我不会喝酒。”我说：“你不会喝酒？那你说去酒吧坐？不行，你得喝，要不，喝啤酒吧！”

服务小姐一直站在我的身边，她那份职业的笑容保持得很好，我说：“给我来几瓶啤酒。”

她笑着说：“要几瓶呢？”

我说：“四瓶吧。”

她说：“两个人喝四瓶？”

我问：“你的意思是少了还是多了？”

她笑笑，然后下楼去了。我的同学对我说：“这个姑娘也不错啊。”我说：“这我看出来了，只要是女的，你都会认为不错。”

他说：“对，我现在就需要一个女的，我没别的要求。”我说：“这么说来，你不是流氓，你是禽兽。”

他说：“这你不能怨我，因为我的女朋友今天和我分手了。”我说：“今天事情怎么这么多呢？”

他对我说：“要不我怎么叫你来喝酒呢？好像每一个失恋的人都会和酒过去不去。”

那天晚上，他喝了还不到一瓶啤酒就开始发疯了，他手舞足蹈地开始骂人，我就那么冷静地坐在他对面看着他骂，他骂和他分手的那个女的，说她瞎了眼。我真替他难过，也替被骂者。爱情就像在菜市场买肉，你想选哪块肉就选哪块肉，你想在哪家选，就应该可以在哪家选。但你最好不要在选择别的家的时候再说原来那家的肉不新鲜，这样是十分危险的，因为哪个卖肉的手里都提着刀子。

我也没想到那天晚上会发生流血事件。因为，他骂的人也在现场，只是我们一开始没有注意到，或者她是中途进来的也不一定，怨只怨我们那地方太小，两个小时就可以围着城区转上一圈。那个女人颇为强悍，她什么话也没说，拿上一只空酒瓶就朝我那同学的脑袋砸了下来，然后扭头就走了。自始至终没发一言。我那同学好半晌才说出一句话“她怎么在这里？”我说：“你认识？”其实，我用大腿我也猜到是谁了。

这一酒瓶将他打醒了，血从他头顶缓缓地流了下来，他还这么清醒，看来脑子没有被打坏，但我想，如果每个女人都这样的话，任何一个男人的脑袋迟早会坏。他站了一会，说：“我要走了。”我说：“你要我送你去医院吗？”他说：“不用了，我没事，我要去追她。”

我说：“那你随便吧。”看来贱人不只是说女人的，男人也是，以前那些电视剧给我造成了这样一个假象，贱人是单指女人。我一个人坐在那里将剩下的酒都喝完了。我想，我也该回去了，刚走下楼，我的手机开始响起来。一个陌生的号码。

“刘芒，你在哪里？”里面传来凌双燕的声音，女人很厉害，她总能得到她想要的任何东西，真的就只要她想。

我想了一下，还是告诉她，“我在酒吧，但是，我要回去了。”

她说：“你在哪里？我过来吧，我什么都没吃呢。”我迟疑了一会，还是告诉了她，然后，我再次走上楼去，楼上的服务生看我的眼神诧异了一下，我所坐过的地方还是没人，我又坐回了原来的地方。外面街道上还是人来人往，我想，也许，他们和我一样充满了欲望。至少，在他们躺回床上的时候，欲望像被蚊子叮咬过的地方一样酥痒。

凌双燕一上楼就看到了我，她笑着走过来："你怎么一个人在这里呢？"

我说："无聊啊，一个人不可以吗？"

她笑道："我来了，你就不会无聊了。"

我说："也许更无聊也不一定呢。"

她问道："为什么？"

我笑了笑，说："因为，我们在一起就要做一些无聊的事情。"她说："你说这样的话真无聊。"她笑得很开心，因为，她知道，我开始迷恋起她的身体来，事实上也是如此，在她来之前那一刻，我的寂寞如同附骨之疽。

她嗅了嗅，说道："你喝酒了？"我说："你的鼻子还真灵，受过专业的训练吧。"她没有回答，对服务员招了招手，给我来两瓶啤酒，然后来点可以饱肚子的吃的。我说："你喝啤酒？"

她说："不是我喝，是我们喝。"

那天晚上，我们有一搭，没一搭地说着话，说的都是废话，也许，我们一开始就没有说过正经话。

有句话叫"饱暖思淫欲"。如果安在我们身上将是极度的贴切，凌双燕对我说："咱们吃也吃了，喝也喝了，现在去我那里吧。"我的眼前开始浮现她美丽的胴体，其实，现在，即使她不诱惑我，我也会去的。

路上，她紧紧地挽住我的胳膀，我说："你需要用那么大的力气拉着我吗？"

她笑了笑，笑容很苍白："因为你不是我的，我能不用大力气拉住你吗？"她说得没错，我的确不是属于她的，同样，她也不属于我。她发现我在出神，问道：“你怎么了？”

我说：“双燕，我们做错了吗？”

她笑道：“没有，因为很多事情没有错与对，我是和我喜欢的男人在一起，这没有错。”我顺着她的思路一想，我是和我感兴趣的女人在一起，那我岂不是也没有错？

我发现，很多事情是没有正确答案的，关键看你怎么去想，因为给我的答案不是一个判断题，而是一个论述题了。只要言之成理，都有可能是正确的，而最主要的是，标准答案是按我们的意志制定的。

凌双燕对我说：“你不要有什么心理负担。”我突然觉得好笑，但是，当她在我的手下颤栗的时候，我还是抑制不住自己的冲动。因为，我也需要她。或许，这是借口，但是，对于一个流氓来说，这是最好的借口。也许，对于一个真正的流氓来说，并不需要借口，行动才是打破借口的最好方法。

在与凌双燕来往的过程中，我一直没有问过凌双燕的丈夫是谁，这或许是我们激情的时候最不想提起的话题。我知道，如果我不问，她是不会说的。而我，的确就没有问的打算，我想，我和凌双燕的这种所谓的情人关系应该是很短暂的，一旦我找到了新的正式的女朋友，我们的关系也就随之解散。这是情人之间的游戏规则，我和她都说过，我们仅仅是情人而已，我们都知道我们的情感限度是怎样的，拿她的话说是，我们都是成年人了，很多事情我们都知道该怎么做。其实，有时候一个人待着的时候，我寻思，我们真的知道自己该做什么吗？或许，我们连自己做了什么都不清楚。

我告诉过凌双燕，我在哪里上班，她好像有点惊奇，但仅仅也是惊奇而已。我想，她是一个很好的，很称职的情人，她从来就不会去我的单位找我，只是在我快下班的时候打个电话叫我过去。

渐渐我发现，跟她在一起很开心，但是，我理智地告诉自己，情人的幸福只能是将最大的限度发展到开心这个层面上。

有一天，凌双燕对我说："刘芒，我和我丈夫离婚了。"我几乎每天和她在一起，竟然不知道她什么时候和她丈夫打的离婚证的，我看着她，她很平静。

我说："你告诉我这个事情是想告诉我什么呢？就是这个事件的本身？"她说："是的，现在，我可以告诉你我的前夫是谁了。"我说："是谁呢？"她说："其实，你经常见到他。"我奇怪地问："我认识？"她说："对，你认识，因为他是你们局的副局长。"我们局只有一个副局长，我当然就明白是谁了。原来，当我说我是哪个单位的时候，怪不得她会惊奇，她说："你很惊奇吗？"我说："要惊奇的话，那应该是你离婚前，现在，你婚都离了，而且，我又和你发生了这些事情，我还惊奇干吗呢？"

她说："不，我知道，你是惊奇的。"也许有吧。但是，我既然说过我不会惊奇，哪怕你戳穿了，我还是要否认，这就是所谓的男人是死要面子活受罪，当然，我也没觉得有多受罪。不惊奇是奇怪的，但是惊奇又能怎样呢？

我问她："你离婚后有什么打算呢？"她说："我还不知道，先过段时间再说吧。"看得出来，她并没有想象的那么轻松，没有我想象的那样，也许，也没有她自己想象的那样。她对我说，我们没有必要再说这个话题了，你应该为我高兴啊。我什么也没说，我高兴不起来，同样，她可能也是，但是，她掩饰感情的功夫要比我强，因为，她马上就在脸上挂满了笑容，而我，在她说了几句开心的话以后才有的。

凌双燕对我说："你知道我为什么一直没有要孩子吗？"我摇了摇头，她说："因为我知道自己，我的心没有安定下来，我在爱与不爱中摇摆。"我心中在想，这个我大概是可以看得出来的，就好像你还没离婚，就已经在我和你丈夫之间摇摆了。她接着说："我的丈夫之所以冷落我，也因为我不想要孩子，这是他和他母亲都不能忍受的。"

我说了一句："我无所谓。"

她看着我，高深莫测地笑了一下，马上我知道她在笑什么，她以为我是不负责任地说的。或许，我本意就想表达这个意思？她已经误解了，我没有再说，要说的话，就还是拿前面那句话来抵挡吧，我无所谓。但是，我的眼角开始浮现一层水一样的东西，我想，这应该不完全是眼泪，我看着她，眼睛有点酸涩，因为此刻的凌双燕显得那么的瘦弱。

我抱着她，紧紧地抱着。她奇怪地问："你突然怎么了？"我亲着她的耳朵，什么也没说，我也不知道要说什么。因为，一旦我说了什么，我将与后来的事情会脱节，那么，此刻我说的话将显得多么的虚伪。其实，很多事情从一开始就有了结果，无论怎么发展，结果还是不会改变。就好像两条平行的线条，无论你怎样让它们无限延伸，它们还是不会相交到一起。如果，你非要说，你等着吧，它们会连接成一点的，那么你不是在欺骗别人就是在亵读这个现象。

凌双燕对我说："刘芒，你什么时候结婚？"我有点诧异，我不知道她为什么突然会问这个问题，而我事先也没有做好回答这个问题的准备。我说："我还不知道，我也还没想现在就结婚。"

我看到凌双燕的双眼黯淡了下去，我才想到，女人总是口是心非的。如果她没有离婚，她会只要我做她的情人，而她不可能真正成为我的爱人，但是，如果她离婚了，那么，我情人的身份应该改变。我说："你怎么了？"她黯然说道："没什么，我不问这个问题了。"说是不问，但那天晚上，她还是不自觉的问了我三遍。

当我们赤裸裸地抱在一起的时候，她问我："你觉得我是一个贪婪的女人吗？"我没有正面地回答，我说："你是一个正常的女人，因为，我知道，所有正常的女人都会像她一样思考。"而且，她的确是正常的，如果她真的什么也不说，那我才觉得她有点不正常，至少在这件事情上是不正常的。

那天晚上我想了很多，但等到天亮的时候一回顾，发现什么也没想出来，或者说，根本就没有想一个具体的问题。凌双燕问我："刘芒，你现在后悔了？"我笑道："你是想告诉我，你后悔了？"她说："我没有，既然做了就不应该后悔。"我哦了一声，然后开始穿我的衣服。

从她家出来的时候，我发现，这天的阳光和昨天一样刺眼，好像什么也没有变化，但是我却像经历了太多的日子。回想起来，我的确和凌双燕有很长一段时间了。

回到家的时候，我妈对我说"刘芒啊，你也不小了，该成个家了。"我悚然一惊，怎么今天什么事都集中到一块了？为什么不错开一下呢？那样每天都可以只处理一件事，这样人的精力才顾得过来。我说："我应该成家了？"我妈说："是的，难道你不想？”我妈的说法好像是任何一个男人都盼望着结婚。的确也是，我哥哥已经结婚了，嫂子是一个我从没有说过的女人，这个女人少言寡语的，不过态度挺好的，见谁都是笑笑。当初我妈妈说她文静，我愣是没看出来，我说她是有病。但后来，我哥说她是有个性，于是跟她结婚了。如果是因为这个女人有个性才和她结婚，在我看来大可不必，因为我见过太多自认为和别人认为有个性的女人了。其实，说个性就是一句废话，一个白痴只要穿得体面一点，一句话也不说，谁也不知道他白痴，准认为他有个性，只要他不将口水流出来，走路不走内八字或者明显的外八字。

我说：“您怎么突然说起这个了？”我妈说：“我为什么不能说这个啊？你难道不想结婚吗？”

我压根就还没想过结婚这个问题，我怎么知道我到底是不是想呢？我说，我不知道。我妈奇怪了，你怎么会不知道呢？如果你想结婚，我们就张罗着给你找一个啊，要不，咱今年就把这事给办了。我妈说得很轻巧，当然，世间的事情可能本来就是这么简单，如果说有复杂的事情，也就是我们自己将它想得太复杂了。我不置可否，既然你们张罗，这就不是我要考虑的事情了。我说：“你们看着办吧”我想，先看你们给我找一个什么样的吧。

我妈问我：“你有什么要求呢？”我笑了，原来，我还可以提要求啊。当然，如果我不提要求，那就等于自己放弃了这个权利，那没道理啊。我说，她至少要长得像个女人吧！我妈说，那不废话吗？难道我给你找个男人啊，即使你要，我们也不会给你找啊。我突然觉得我妈挺有幽默细胞的，我就说我这点幽默是遗传了谁的？现在我终于还是找到答案了。我在心中说了一句，你让我找得好苦啊。

我接着说："在是女人的前提下，当然是尽可能的希望她长得好一点了。"我爸在旁边说道："那是，我们自己也觉得有面子一点。"看来，他是一直有这个想法的，因为我妈曾经就让他觉得很有面子，据说我妈当年是那一带出了名的美人呢！我看过他们当年的照片，我爸整个长得像一愣头青，完全没有现在的风度。我妈扎了两条大辫子，想笑又带点羞怯。我看过我姨的照片，也差不多，大概真是一脉相承。又或许是时代特色吧。我这个时代没有别的特色，就是无聊，做什么都无聊，比他们那个时代还显得傻，但这话说出来，谁都会否认，但我还是这么认为。

我妈说："还有什么标准吗？"我说："剩下的您就灵活看待吧，一下子也说不上来。"我想，事情进行的周期肯定很长，因为找女人这东西不像别的，因为我们自己的欲望太多，所以要合适真的很难，我妈给我介绍，我推辞一下就搪塞过去了。

第十章 相亲

如果你问我，什么事情最简单，我会告诉你，找个人结婚。当然，我这么说肯定会有很多的人不同意，因为据说现在男女比例并不协调，因为男人占了全国人口的大部分，按道理来说，这就必然导致许多男人要打光棍，而且，更为可恶的是，有的男人还要包二奶甚至三奶及N奶。我虽然是个流氓，但是我没有做过这样的事情，我身边的女人都是前仆后继，从来就没有同时发生的。

当然，如果同时发生未必是好事，我对于这方面的智商肯定处于弱智的边缘，所以，那样刺激的爱情还是只有在想象中刺激我羸弱的神经。

我依然和凌双燕在一起，几乎每个晚上，她都要紧紧地搂着我，我甚至听到她说梦话，“刘芒，你不要离开我，我爱你。”

我知道自己有时候说我爱你显得很随便，因为，在我的梦里说出来的我爱你都是随便的，我曾经在梦中说过我爱你是对一个我并不十分喜欢的女孩子。这当然并不是不可思议的，因为对于男人来说，他可以一边对着玛丽莲·梦露的照片手淫，一边冒出一句可能地球人都知道的英文“I love you”。当然，还可能在梦遗之前就对某个女孩子说过我爱你。也可能为了骗女孩子和自己上床就说我爱你，然后在心里一百遍的洗刷自己的谎言。

女人说我爱你是真实的吗？我想，这同样值得商榷。因为女人也是人，她们的心理和男人的差别不会很大，至少应该有一定的联系，就像做危险的实验总会挑选小白鼠，因为，它和人有很多相同的地方，我想，女人和男人也如此，只是不知道谁去担当小白鼠这个比喻的受众。

以前，我不觉得女人的第六感到底神奇到什么样子，但，我从凌双燕的身上的确就感到了女人第六感的神奇，因为，她突然对我说：“刘芒，你要找女朋友了吧？”那时候，说找女朋友只是一个有着提纲的提案，还没有最后表决，所以，我只知道有这么回事，但具体什么时候我并不知道。我说：“没有的事，我现在还不会找。”

但那天从凌双燕那里回去的时候，我妈对我说：“我帮你找了个女孩子，人家也对你感兴趣，你今天晚上去看看吧。”

我妈说得很谦虚，她说女孩子对我感兴趣，但我就想，恋爱应该是双方的事情吧，她对我感兴趣，那也只说明成功了50%啊。

我说：“您这么说好像我是商品似的，人家感兴趣就有交易的可能了。”

我妈说：“不是这么回事，但至少有50%的基础了啊。”看来，我妈的愿望很朴素。

我问：“是谁家的女孩子呢？”

我妈说："我没见过。"

我就奇怪了："那我怎么看啊，跑到街上去吆喝？"

我妈说："我不知道，但有人知道啊，他今晚过来领你过去。"看来，事态严重了，是骡子是马，今晚都要拉出去遛遛了。但我是见过阵仗的人，这点难不倒我。

我从来就没有想过我会去相亲，以前，我只和同事一起去相亲，当然，我是去做陪练。其实，我那同事犯了一个严重的错误，因为，男人只要看到稍微漂亮一点的女孩子，他就很容易忘记自己的身份和处境。所以，男人在相亲的时候最好找一个已婚的，甚至丑陋的男人陪着一起去，当然，这还是存在着一定的危险性。我的同事不但找了我，而且，他另外还找了两个和他年龄相仿的同事，他不知道，他正在朝错误走近。我们去了一共四个人，这给人的性质就不像是去相亲，而像是去抢亲，虽然，我们在看了那个女孩子的时候，如果一开始真的有抢亲的欲望，但到了之后，至少我会一点也没有了。我们冲进那个女孩子家的时候，是在晚上，她的家在郊区，当我们敲开她的家门的时候，他们全家在没做好思想准备的情况下，被实足吓了一大跳，或许，我们根本就像一群打劫的。

他们一家人都在等待，但他们肯定没想到等来的是一群人。我的一个同事说："你的女儿呢？"那口气突然使我想起了黄天霸。那个女孩子的父亲马上说："这不是在等你们吗？"顺着他指的方向，我们看到那个女孩子手足无措地坐在那里。我的一个同事放肆地盯着她看了一圈，嘴里还发出"啧啧"的声音，我想，如果是我，我也会觉得非常难受的，好像是在人口自由贩卖市场挑人呢。我说："我们是陪我的同事来的。"然后，我将他推了出去，要不，他还傻乎乎地待在我们中间不想抛头露面呢。

女孩子其实也没有看起来的害羞，因为马上她就开始和我们说笑起来，那天晚上我没有记住什么，只记住了她的笑声，她的笑声真是太响亮了。在她家的时候，她多次冷不丁地爆发出一阵震耳的笑声，就像她的胸腔里被董存瑞支了一个炸药包。这个比喻是我相亲的那个同事说的。我第一次发现他的想象力超越了我。

回来的路上，我们开玩笑说："就凭她的那两句哈哈，你就应该娶她。"我那同事铁青着脸，说道："这让我想起去年在宾馆开房的时候。"他说道，本来我叫了一个很漂亮的女孩子，她真的很漂亮。他强调说，好像我们在怀疑他的审美眼光似的。他继续说道，"到了宾馆，刚开始我还和她谈哲学，说得她一直用崇拜的眼光看着我。"

我说："我靠，你还说哲学？做爱的哲学？她比你懂得多，你还跟她谈，她经历的男人可能比你看过的女人还多。"

他说："这可能是真的，所以，后来我也就没再废话了，我就开始和她直接坦诚相待了。"我的另外两个同事的眼光开始变得呆滞，好像真的看到了那个场景似的。可是，我的同事继续说："那个女的一边做爱一边笑，弄得我总是不能全身心投人。"

我的另外两个同事收回呆滞的目光，突地爆发出一阵大笑："没弄得你从此阳痿吧？"

我那同事讪讪地说道："差点，差点。"

第二天的时候，我那个同事就带来了消息，那个女的没有看上他，说他太过沉默，她看上了我另一个同事，并表示，如果可以，希望我另外的那个同事晚上去她们家谈谈。说完，我的同事愤怒地说道："她居然看我不上，我还看不上她呢。"

我说："要不，今天晚上我们又去一次？她不是看中了另一个同事吗？"

他说道："不去了，倒霉。"

后来，我才知道我这个同事嘴上说自己也不喜欢那个女的，结果是在他结婚之前还对这个女的念念不忘，我想，喜欢她的根源也就是这个女人的笑声。别以为她的笑声有多烦人，但正是这笑声，让他在睡梦中都被她笑醒。我就想，怪不得现在的电视广告不论做得有多烂，只要让人记住就是成功了。至于具体是什么广告，看一看电视就全明白了。

我敢说，如果我的那个同事真的和那个女的结婚了，估计他第二天就会真的阳痿。因为他们的结合太不可思议了，所以，我在想这个结果的时候，也只能做出一种超常规的假设。

我去相亲的时候，就和那个介绍人一起去的。他还和我沾亲带故的，按辈分来说，我爸都要叫他叔叔。和这样的男人去是最保险的，因为他们即使有那个色心，估计也没那个色胆了。

我问他："我们是去哪呢？"

他笑着说："等不及了？"

他怎么会这么以为？我是觉得早点完成这次任务就算了结了一件事情罢了。但我并没有反驳他，我顺着他的意思说，是啊，我也想早点看到呢，你们这么隆重地推荐她。

他说："那个姑娘可长得算漂亮了，在我看来。"

我知道，加上后一句可就悬乎了，谁敢担保你那眼神会好啊。我说："是吗？"这是我惯常的语气，他却以为我不相信，"是啊，我认为是!”他说话还是没有多少底气，这也难怪，每个人都有自己心中的美，我喜欢小巧玲珑的女孩子，要将杨玉环放在我的面前说不定我还不喜欢呢，整个一肥婆。就是西施我也不喜欢，谁愿意看着她整天愁眉苦脸地捧着心在你面前转悠啊，估计，什么好心情都可以被她破坏掉。貂蝉就更不行了，整个就是一女间谍，谁知道她对你付出的是不是真心啊，还要时刻提防她卖了你，你说难受不难受。王昭君我可想象不出她有多好看，估计也就是因为她有舍生取义的精神才将她放在四大美人里面。这是废话，这是没影的废话，这是我以前异想天开的废话，而且，我说过，我别的什么能力也没有，就喜欢瞎说，但很多女孩子就喜欢我瞎说，她们和我一样没道理。就像她们经常对我说，喜欢一个人是没有理由的，我想真的是。

有时候我问自己，难道我真还有那么一点魅力？要不，总是有女孩子喜欢我的呢？我其实是没有我哥长得好，但是，他的眼镜遮住了他大半张值得夸耀的脸，不像我的脸一样这么赤裸地展现在别人眼前。有个女孩子对我说过，我的脸本身就是一种挑逗。我至今记得她当时说这话的暧昧神色。

我妈对我说：“你好歹也要整理一下你的头发再去吧。”我想我的头发在那天一定非常有特色，我根本就没有梳头的习惯，但是，我的头发不短。我说，“我知道如何处理的，”我用手蘸了点水用力地将我翘起的头发给弹压了下去，至于后来它是不是反扑上来，我就没有再去管了。以致那个我要叫他叔公的人都对我说，你太不将这件事放在心上了。他的话很矛盾，因为刚开始的时候他是认为我对这件事是非常重视的。

那天，女孩子家围满了人，那架势真像诸葛亮进了孙权的大帐，没有退路，我只有学诸葛亮的舌战群儒了。她的母亲首先发难，她问了我父母的情况，我想，她的意思无非想探察我们家种族血统是不是纯正，然后就是要揣摩自己的女儿以后如果真的进了我家是不是找到一个幸福的归宿。我的叔公帮腔道："他父母很好的，这点我可以做证。"他的这句话让我觉得自己就像法庭上的被告，他是我的辩护律师。但是，女孩子的妈妈显然有些不满意，她的眉毛明显地挑动了一下，这个细节虽然很隐蔽，但是被我敏锐地捕捉到了，我想，她觉得自己问的对象是我，就应该我自己回答，而不是一个代言人去回答。

她的爸爸问我："你以前在哪里读书呢？现在是在哪里上班呢？"她的爸爸用一种非常舒服的姿势仰躺在沙发上，我是用一种大马金刀的姿势正襟危坐。她的爸爸好像没看我，其实，他还是用眼角在观察我。我当时是用一种不卑不亢的语气做了回答。我太不喜欢这样像审讯的语气了，从她们家出来的时候，我的那个叔公告诉我，女孩子的爸爸是公安局的局长。我说，不像，更像法院的院长。

那天晚上我是怎么过来的，我可是一点印象也没有，但是，我的那个叔公说我表现很好。我隐隐约约的印象中，那个女孩子好像从开始到结束都没有说过一句话。只是用眼睛滴溜溜地往我身上瞅。

也许正像那叔公说的，我那天晚上表现很好。好在哪里？谁知道呢？即使不好，如果，那天晚上以后，女孩子说对你的印象很好，那你就基本上完全不用管别人的感受了。过了两天，我那叔公来告诉我，她们家同意了。我说："她们家看人可真草率。"我妈说道："闭嘴，看上你还不好啊？"我随便的回答：

“好，好，实在是太好了！”

凌双燕给我打了电话，她在电话那头说：“刘芒，你把我忘了？”我说：“没有！”我习惯用很强硬的语气来表达我的态度，但是，我知道，我已经渐渐地在将她忘记，这两天我根本就没有想起过她。她说：“你一定将我忘了，以前你不会这么久不给我打电话的。”以前？我想了想，以前是一个太模糊的概念了，更是一个模糊的印象，我爱过她吗？从和她在一起开始，我不断地在思考这个问题，我曾经快要告诉自己已经爱上她了，但是，我还是否定了。这对她也许真的不公平，但世界上，什么事情才是公平的呢？

我对她说：“我过来吧。”她说：“如果你有事，你就不要过来了。”我说：“是吗？”然后，我挂了电话。因为，我知道，她是言不由衷的，她会再打电话过来。

人生真的像场戏，谁也不知道明天自己将要饰演谁，但一定不是自己。凌双燕说：“刘芒，我现在发现自己已经不是自己了。”我知道她这句话的意思，但我佯装不懂：“那你是谁？你不还是凌双燕吗？”凌双燕问我：“我在你心里是处在一个什么位置？”我说：“你想要什么位置？我给你。”她看出我心不在焉。然后什么话也没有说。

当你和一个女人之间只剩下了长久的沉默，那如果你还在勉强地说，我爱你，这估计任谁也不会相信了。凌双燕说：“我一开始是要你做我的情人的，但现在，我要求得高了 些，也多了一些，是吗？”我敢肯定，我经历了这么多女孩子，她的表情让我最为难过。但我能给她什么？我们的关系永远只能是蒙在蚊帐里的男女，我们在里面蠕动，但是，我们必须拿那蚊帐做一种象征性的遮掩。那天晚上，凌双燕提议，我们不要再说这些了，我们看看月亮吧，我们很久没有注意到头上的天空了吧。我用奇怪的眼神看着她，在我的心里，她根本就不是一个很诗意的女人，而且，我敢说，她并不是一个很适合做情人的女人，她应当承担的角色还是去做别人的老婆，但这个别人肯定不应该是我。

那天是农历的十五，又或者是十六，反正，那天月亮是很圆的。凌双燕的神情很娴静，我说："双燕……"她马上摇了摇手，现在别说话。于是我闭嘴了，我看来看去，月亮还是原来的样子，唯一的变化就是我的视线开始模糊，我的眼皮开始沉重。本来这是可以带给我宁静的场景，但是，我还是发出轻微的鼾声。

如果在平时，我根本就不会睡得那么早，但是，那天，我突然感到极其疲惫，真的，是一种超越精神控制的疲惫。晚上十点多的时候，我的手机响了起来，我发现自己躺在床上，我的身边没有凌双燕，我向阳台那里看了看，也没有看到她，我大声叫了一声她的名字，还是没有人回答。我接起电话，听到一个陌生的女人的声音："你是刘芒吗？"我心说，谁啊，打电话还要问是不是这个人。我说："是的，我是，你是谁啊？"那边沉默了一下，然后才说道："你去过我家的，你还记得吗？"我去过她家？我去过很多女孩子的家，谁知道你家在哪？我说："你自己说吧，你是谁？"那边还是吞吞吐吐地说："你来我家的时候，我们家很多人，别人将你介绍给我。我"这才想起来，原来是我相亲的对象。

很多事情就是这么奇怪，当你不在意它的时候，它处心积虑地要让你记得，当你拼命想记得的时候，却在记忆中找不到它的痕迹。

我问她："你有什么事情呢？"她没有正面回答我，而是问我："你现在有什么事情吗？"我说："我什么事情也没有。"她试探性地问道："那你能出来吗？"我问："你在哪里？几个人？"我的口气并不好，大概是，因为一开始我就对她没有多少印象吧。她怯生生地说："就我一个人，我在文化宫那里等你吧。"我告诉她："文化宫现在是一片废墟了，"她说："那我就在那附近等吧，你来了我会看到你的。"

其实，文化宫的范围并不是很小，她怎么知道我在哪个地方出现呢？我没有再想，因为她既然说她能找到我，那自然将责任全部抛到她身上就可以了。我现在关心的是，凌双燕这么晚去哪里了？

我拿起电话拨了她的号码，电话提示，您拨的电话不在服务区。我挂了电话，然后就挂断了对她的所有感情，也许，我从一开始就只是作为一个本色的流氓出现，我也许根本就没有爱过她，是的，我根本就没有爱过她。我终于可以肯定自己的感情了。

第十一章　张婷

我从凌双燕家前面的巷子走过的时候，我突然感到一种无比的苍凉，虽然四周的房子是那么的靠拢。我像一个黑夜的亡灵，脚步有点踉跄，我回头看了看那栋房子，里面是一片漆黑，我是要永远从这间房子里面走出来了，永远也回不去了。

走出巷子就是大街，这里呈现出截然相反的两种情景。车子像甲虫一样爬来爬去，带着狂肆的喧哗，司机拼命地按着喇叭，嘴里大声地骂娘。来往的人也如电影里面一个个跳动的影像，迈着满意的步子，一脸的高兴，当然，我也是高兴的，因为，没有理由让我悲伤，离开凌双燕我不悲伤吗？我好像并不悲伤，人这一辈子是要离开很多人的，包括最至亲的人，何况，凌双燕并不能算我至亲的人，她是我的情人，或者说，我是她的情人，但这又有什么所谓呢？文化宫，我什么也没想，就记着这个地方，好像，这就是我所有的慰藉，所有的依靠，虽然，那里像被洗劫过后的圆明园。

街上好像有人叫我，我没有回答，于是那个声音变成了骂声，我还是没有理睬，或许，我根本就是听错了，这是幻觉。我对自己说，我经常有这样的幻觉，但我喜欢这样的幻觉，哪天没有，我还分外想念，当我曾经这样对凌双燕说的时候，她笑着说："这只有一个理由可以解释，就是你有点变态。"

凌双燕已经是过去式了，我不会再去想念，回忆在我看来是毫无意义的，因为要回忆的肯定就是以前的事情，人每天经历新鲜的事情，如果不去享受新鲜，而将时间耗费在已过去的上面，是愚昧的，我可以这么说，但是，我一直也经受着愚昧的冲击。

我要见的这个女孩子是什么样呢？我努力地回忆，但我经常将回忆变成对自己的摧残，因为我很少能记起一些什么。但我记起了我哥刘锋听说我相亲的时候，他显得比我还兴奋，特别是听说那女孩子的爸爸是公安局局长，他就觉得自己好像一步登天做了驸马，虽然相亲的只是我。当然，我认为驸马并不是好差使，驸马的生活在我看来可真是做牛做马。

我哥对我说："你找的这个女孩子一定很好，你有福气了。"

我说："我看都没看清，而且，我也没有决定一定要和她在一起，你怎么知道我有福气呢？"我哥哥一脸的尴尬看着我。

我和我哥一直说不到一块，因为，我觉得他结婚后变得越来越懦弱。这和我一点也不像，虽然，我不喜欢和我很像的人，但我也不喜欢和我截然不同的人。

我妈妈对我说："你还别这么说，谁知道女孩子喜不喜欢你呢？"我说："这正好。"但过了两天后，我的那个叔公说："女孩子同意了。"这着实让我觉得很惊奇，最惊奇的是我妈，她说："看不出来你还挺有魅力的，这点像我。"于是，她又开始诉说我爸当年是怎么处心积虑地追她的。这样的话，她不知道说过多少次了，只是每一次的版本都有很大的改变。一听她说这个，我就开始往楼上走，我的哥哥就在下面听她说话。我的妈妈本来是要我去崇拜她的，但是，她就没有一次得逞过，所幸，她总是可以从我哥那里得到慰藉。

我哥的眼睛越来越小，我妈很不满意，因为除了我哥，我们家都是大眼睛。我妈对我说："你哥变了，眼睛都小了这么多，以前他是一个很漂亮的孩子，现在怎么搞得贼眉鼠眼的。"我说："这是因为长多了针眼的缘故。"我说这话的时候不是对着我妈说的，而是对着当事人我哥说的，我哥马上说道，长针眼是因为我的眼皮发炎，而不是看了不该看的东西。我笑道，我知道你是眼皮发炎，但你说这话就是肛门发言。他沉默了，因为，他知道我知道他的黑暗内幕，他喜欢去外面偷看女人洗澡。所以，他在知道公安局局长的女儿看上我的时候，他长吁了一口气，说："这下我们就安全了。"我说："不是我们，是你。"我还对他说："其实，不就是偷看女人洗澡吗？公安局一般不会管这种小事的，而且，你的身手足够敏捷。"我说这话的时候，我哥非常紧张，马上伸头向门外看了看，缩回头，然后又是长吐了一口气。

他回过头来的时候，我是用轻蔑的眼神看着他的，他突然有点羞愧，对我说："刘芒，你是不是看不起你哥了？"他说这话时的样子很是悲戚，我突然有点心疼，真的是一种心疼的感觉。我说："没有，但是，你变化了很多。"他笑了笑，其实，我也不知道那是否应该称之为笑，只是肌肉的一种牵扯动作罢了。

他说："你还是原来的样子，一点也没有变。"

那天，他最初说的话是："芒，我们之间好像有很大的距离了。"其实，这话不说，我们都知道，我不喜欢他，很早就是。

他结婚后变得越来越懦弱。其实，并不是我那个嫂子太厉害。所以，在我看来，不是生活改变了他，而是他自己在慢慢地变化，慢慢地变得畏缩。我突然很感伤，我看到他与年龄不相符的额角皱纹和鬓角的几根白发。我说："我们之间没有距离，我们是亲兄弟。"他显得很开心，身体动了一下，然后又恢复了平静。我知道，他其实想来拥抱我一下，但不知道我会是什么态度。我主动走过去，拥抱了他。他很瘦，我能感觉到衣服里骨骼大致轮廓，这大大出乎我的意料，因为，我有好几年没有看到他赤膊的情景了。

我笑着对他说："你结婚了，晚上不要太操劳。"

我哥这个没出息的，听了这话，他就开始抹眼睛了。我说："你是爷们吗？搞得跟女人似的。"我说这话的时候声音很大，我嫂子就急步走了上来，她诧异地看着我们："你们怎么了？"我说："没怎么。"然后从她的身边走了下去。

我以为我到文化宫的时候就只会看见一个女孩子站在那里等人，在看见我后，她走过来，紧紧地握住我的手，然后说："刘芒，我等你很久了。"这样的情景在我看过的革命老电影里面经常看到，那些面目坚毅的地下党就喜欢说上这么一句，"同志，我可找到你了"，然后双手紧握，还要狠狠地摇上一摇，不论对方是打铁的还是绣花的，反正看见了就将自己的"老虎钳"迎了上去。

文化宫可不是一个小地方，她怎么知道我会在哪个地方出现呢？我最讨厌的就是等人，我也没要别人等过。我想象的就一个人在等我的情景没有出现，因为那里有很多年轻的男女在等人，一些男的等烦了，转身对那片废墟掏出家伙就是一顿狂浇。

别人好像也习惯了，不会大惊小怪地望着天空然后说上一句：“这么圆的月亮怎么还下雨呢？”有的人从车上下来，就开始在这里转悠了，一看就像是来踩点的，有的等到了人就急慌慌地走了，眉开眼笑的，一看就是那副色鬼相。我突然想起我的同事说的一句话，来文化宫门口等人，都是不正经的人。说这话的是我的一个女同事，她离了婚又结了婚，和前夫生了一个女儿，然后又给现在的老公怀了一个小子。以前文化宫没有拆的时候，她就经常站在门口等人。她的话是信不得的。

我等了几分钟就开始变得不耐烦起来，我来回地转悠，就像一头困在铁笼子里的怪兽。我的比喻应该是很贴切的，我就像一头野兽。我那天去现在我要等的姑娘家去的时候，我妈对我说：“你就这么去了？”我说“是的，我去了，一去不回了。”然后我还来了一句，风萧萧兮易水寒，壮士一去兮不复还。我妈顾不得我那个叔公在旁边，开口就骂起来，意思就是我不应该说这样的丧气话，因为她太在意了。

以前我每次考试的时候，她总要煮上一大块肉，然后烧上几张黄纸，焚上三根香，为我祷告。然后对我说，考试的时候你要心中默念菩萨。我考试的时候连自己是谁都忘记了，还记得菩萨是谁？但口头的敷衍还是必不可少的。

我妈的意思是要我整理一下再去，其实，我那天是穿得最整齐的一天。我穿着西装，打着领带，只是头发有点乱。我哥蔫蔫地夸了我一句：“刘芒看起来很帅。”我笑了笑，对他说：“你也可以啊。”当时，我哥穿了一件松松垮垮的外套，一条皱皱巴巴的裤子，脚上踏着一双残缺不齐的拖鞋。他看了看自己，然后连屁都没放一个了。

不一会儿，我的手机响了起来，这感觉就像，我是一个亲属遭到绑票的人，拿着钱去赎人，匪徒告诉我："你带着钱先到某个地方，到了那里，我会再跟你联系的。"然后到了那里后，他告诉我，"现在我改变主意了……""你到了吗？"是那个女孩子的声音。我说："废话，我到了吗？你到了吗？"听见我发火，电话那边沉默了一下，然后才说："对不起，我现在有点事情，你再等一下，好吗？"我没说什么，挂了电话，然后大声叫了一句，操！旁边一个穿着连衣裙的女孩子惊恐万状地看了我一眼，然后捂紧裙子匆匆走了，临走时拿起了电话，我估计她不是在拨110就是告诉那同是来赎人的家伙改变地方了。

我那天去相亲，其实差点就折戟沉沙了，因为她的父母对我的印象并不好，说我那天不修边幅，那是对这件事的不重视，同样，也就是对他们女儿的不重视。她形容说我的头发像一个鸟窝，而且是一个烧焦了的鸟窝，但是，她还是看上我了。看来，她小时候一点不怎么规矩，喜欢去掏鸟窝，要不就是看着树上的鸟窝眼馋，从此就落下了一个鸟窝情结。后来，我说："早知道你喜欢我这样的造型，我应该弄得更符合你的要求一点，我要将我的西服撕成一条条的。"她笑道："那样，估计你还没进我们家的门，我就给你一块钱，将你打发走了。"

其实，她是挺缺心眼的一个人，她的父母说得太对了，我对相亲这件事不重视，不也就是不重视她吗？可是，她喜欢我，而她的父母只有她这么一个女儿，她说喜欢，那还有什么办法呢？我估计，这次出来的时候，她的父母一定要对她说，如果遇到危险一定要记得拨打110，或是如果发现什么苗头，赶紧叫，"救命，有人非礼我。"

如果你被别人无条件地信任，然后死心塌地地要嫁给你，你会是一种什么样的想法？我的一个朋友对我说：“如果是这种情况，我一定会先考察她们家族有无遗传精神病史。如果没有，那就用一个字概括她，贱！”我骂了那个朋友一顿：“你才贱呢！即使我不喜欢她，你也不能这么诋毁她，你知道个鸟，她那是清纯。”

他回骂道：“既然你认为她清纯，你还问我干嘛？你有病啊？”

我说：“你说对了，我是有病，而且不轻。”然后，我印证了我的理论，他真是贱，他对我说，我随便说说，你没有生气吧。我想，凡是说别人贱的人，自己也是十足的贱人，我的朋友是，我当然也是。奇怪的是，我这么说的时候，她居然坦诚地说道：“你们没说错，我也是贱人，我为什么喜欢你呢？这叫作人以群分，物以类聚。”我一声大吼吓了她一个踉跄：“放屁！你不是贱人！”

我现在觉得，在文化宫等人，真是显得一点文化也没有。

当然，我从来也不认为我是一个多有文化的人。但我的父母喜欢在别人面前夸耀我和我的哥哥，不过，那也是以前了。现在，我妈也失去了这样的兴致了。

现在看来，读一个大学太容易了。我妈说这话的时候，忍不住就说了这样一句粗话，因为，她失去了夸耀的资本。更为主要的是，她不知道我们兄弟俩为什么越变越差。我哥变得猥琐而懦弱，而我，在他们的眼里，真的越来越靠拢我名字的读音了。他们也许知道了我几乎每天晚上在外面睡，是睡在女人那里。他们每天晚上很早就睡了，我是那么的自由，他们唯一的要求就是我不要去犯法。我没结婚，和女人睡觉应该不算犯法，而且，是女人也愿意的情况下，当然，女人不愿意，我是不会去的，女人有一点点的勉强，我也是不会去的。

如果你等了一分钟，也许觉得很不耐烦，但是，如果你等了半个小时，我估计，等待慢慢就会变得习惯。当我习惯的时候，后面有人怯生生地问了一句。

“刘芒？是刘芒吧？”我转过头，看见一个女孩子，那天晚上我虽然没有看清楚，但是，我知道，这是我要等的人，我突然一把抓住她的手，大声说道：“老婆，你肯原谅我，来见我了？”周围有人用莫名惊诧的眼光瞄向了我这里。对于一个一开始就没有什么印象的人，我完全不怕她会对我产生好或不好的印象，而且，我并不想找个女朋友，然后很快结婚。

她的脸涨得通红，她一定没有见过像我这样的人，或者，她一定以为我精神错乱了。她向四周惊慌地张望，一边将手用力地向外抽出。

“你，你，我……”她说了半天就是没有说出完整的一句话，我问：“你你你我我我的，你到底要说什么？这可是你约我出来的，三更半夜的，还要选这么个地方等你。”她恢复了平静，我也仔细地盯着她看，这样的好机会不是随时都有的，谁知道今天晚上回去以后，明天还会不会见面呢？

她告诉我，刚才在路上碰到了她的表姐了。她告诉我说，她表姐是个美女，还马上告诉了我她表姐的名字，但我一转头就忘了，我心中在感叹，为什么几乎所有女孩子的智慧和相貌不能成正比呢？我是来看她的，关她表姐屁事啊，如果你是将你表姐介绍给我，那我接受吧，不辜负你的这份好意，但是，我想提醒你，我最不喜欢那些出卖别人的人。我说这话的时候，表情已经缓和了很多。因为，我经过认真的观察，她其实是一个很单纯的女孩子，真的，太单纯了。我甚至对自己无理的捉弄感觉有些不好意思。我问她："你叫什么名字？"她说："你不知道？"我说："我为什么要知道？"她窘了一下，低声说道："我叫张婷。"我夸张地说："你就是张婷啊。"她有点高兴地问道："你知道了？"我说："不知道。"她心中一定会说我无聊。但她还是显得很开心，她恭维我道："和你在一起真开心。"我说："是吗？"我说过，我说是吗不是去问别人，而是我的口头禅，她竟接道："是啊。"

那天晚上由于见到她的时候已经很晚了，她的父母也发了十三道金牌要她罢兵。她很歉意地对我说："我的电话打得太晚了，你陪我走走，好吗？"漂亮女人的要求总是那么的难以拒绝，不论怎么样，我具有男人一切劣根性，就是好色，也具有男人的一切优点，就是懂得欣赏女人，当然，说难听一点，也是好色，只是说法不同罢了。

走了几步，她问我："我们说什么呢？"我打了个哈哈："随便吧，你想说什么就说什么，不一定要有什么特别的话题吧。"她停了一下，问我："你找过女朋友吗？"我说："有，而且有过一些。"她说："我还没有找过男朋友，一直没有找到合适的。"我说："就像买鞋子一样，你每天只是看着，是不知道它是否合适的，你一定要试穿一下才知道。"她说："找男朋友像买鞋子一样简单就好了。"当然，我也是说说罢了，她竟然还生感慨。

我想，一对陌生的男女见面是没有多少话题的，何况一方显得什么也不知道。我简直不敢相信她读了大学。更不敢相信，她在大学里连男人的手都没有牵过。我问她："你的大学做了些什么？"她说："我也不知道。"

我记得我读大学的时候，那时还没有完全地禁忌男生不准进女生寝室，所以，很多男生就习惯性的走错地方，甚至睡错地方。一次事件后，学校明文规定，男生不准进入女生寝室，不过，实施得不那么坚决，你要进去还是可以，罚款一百。我对这样的规定曾经大为嘲笑，这样的规定和给了银子逛窑子没有什么实质性的区别。而那次事件是因为学校领导突然心血来潮去检查女生寝室，抽查一间寝室，在里面八张床上抓住了六对，有一对看电影去了，还有一对去江边散步去了。其实，我也怀疑那次领导的真实意图，谁知道他是不是借故偷窥女生呢？

和她一起走的时候，我想起了凌双燕，她去哪里了？她为什么要出去？我打了一个电话，她的手机通了，我问她："你晚上去哪里了？"电话那头她很平静："我出去走走。"然后问我："还有什么事情吗？"她问得太有礼貌了，我说："没有了，你早点睡。"我打电话的时候，张婷就站在前面等我，她侧身而立，风吹着她的衣衫，轻轻地摇摆。渐渐的就像粼粼湖面的倒影，一圈圈地向远方消散……

那天晚上，我后来和她说了些什么？我完全不知道了，我对她做了什么？我也完全不知道。我就像喝醉酒了，这是一种奇怪的感觉，后来，我也有过，我想，凌双燕也给我带来了一些和其他女人不同的东西。但是，我要将她忘记，我现在可能要记的就是张婷。

第二天，张婷又打电话给我了，那时候我在开会，我的手机震得我麻酥酥的。我喜欢将手机别在腰间，我的同事说这样的样子像乡下的村支书，很土。我说，村支书已经不土了，土的是村支书的秘书。我出生的时候，已经逃离了革命，但是，我是看着革命影片长大的，我喜欢那种将手枪别在腰中间的样子。小的时候，我就用纸、用木头自己做过手枪，然后对着人，对着树，对着一切活着的，死着的东西，甚至空气发出“pia、pia”的声音。那时候的快乐我至今再也没有碰到过了。

我的同事又告诉我，他们在报纸上看到，手机放在腰间会影响人的生育。说这话的那个同事他老婆生了一对双胞胎，所以，他估计没有机会再造出一个人了，影响生育也不是什么太要紧的问题，他害怕的大概是怕影响他那没规律的性生活罢了。他的手机是像女人一样拿根绳子吊在脖子上。我告诉他，手机吊在胸口也不好，对心脏有副作用，而且吊在胸口，碰到歹徒的时候，给了他们攻击方式，他们可以用那绳子将你勒死，我走上前还做了一个示范，他当场脸色就变了，但嘴里还是说，不会的，没有科学根据。我说，这可不是我瞎说的，是报纸上登的，报纸给我折了个飞机飞到马路当中去了，你要不去捡着看看？我那同事说道：“不要了，不要了。”然后有点魂不守舍地坐回自己的座位去了。

第二天碰到他的时候，他的手机就放在屁股的兜里了，我想这是一个好地方，屁股上那团肥肉足以阻挡手机的辐射，何况，男人的屁股那团肉简直就是多余，不像女人的一样可以引起男人的无限遐想。我还记得我初中的时候，我的一个同学参加跳高比赛，一到关键时刻，他的屁股就把横杆弄了下来，他当时就恼恨地说，“真想把屁股削下来放在家中”。我当时想，放在家中干吗啊？没有利用价值，不如放到肉店将它卖出去。我的那个同事将手机放在屁股兜里的那天就出状况了，他没注意手机横在屁股下面，像平时一样狠命坐下去，结果将手机坐破了，手机又戳破了他的屁股。他怕感染，就到医院在另一边屁股上面戳了一针，这才让两瓣屁股达到了平衡。我的那个同事并没有怨恨我，这让我很感动。他后来还对我说，手机不是个好东西，用得不好就成了凶器。他说这话显得很有道理，我的很多同事感同身受地说：”是啊，是个凶器。“但是，他们还是每天拿着凶器在眼前比画着。看来，他们真的将这话记到心里了：民不畏死，奈何以死惧之！

张婷在电话中对我说：”刘芒，昨天晚上回去睡好了吗？“我说：”睡得太好了，今天还迟到了。“然后我对她说：”你就长话短说，废话少说，什么事情你就快说吧。“她支支吾吾半天，然后对我说：”等你下班再告诉你。“我说：”那你怎么不下班的时候再打给我呢？“女人就是这么麻烦，但是，如果没有女人更麻烦。我的好几个同事就碰到了这样的麻烦，老大不小还单着，于是性情都变得有些阴郁怪异。

第十二章 荷音

我刚下班的时候，张婷的电话就打了过来，真是既迅速又及时。我说："有什么事情？"她说："我们一起到外面吃饭吧。"

我突然想起，我的钱包并没有带出来，口袋里只有几块钱零钱。我说："我没带钱，下次吧。"

她马上说："我有，就今天吧。"

曾经我问张婷："你为什么要喜欢我啊？难道就因为我是别人介绍的？或者我第一次见你的时候，头上顶了一个你喜欢的鸟窝？"她说："都不是，凭感觉。"我告诉她："女人会因过多的相信自己的感觉而被感觉欺骗。"她却说："如果这次我的感觉欺骗了我，我也认了。"我看了看她，她的笑容像婴儿一样纯真。我叹了口气。

当她要去我家的时候，我哥居然将他的房间都好好地整理了一下。他住在三楼，我平时都不想上去看，我想，第一次来我家的张婷难道会有这样的雅兴？我妈妈目不转睛地盯着张婷，她很满意，不时地凑到我的耳朵旁边说："不错，你就找她吧。"

我没想到，我在他们家上了一次“法庭”，她到我家来也要面临同样的状况。

我很快地将她带离了火坑。我说：“我们上楼吧，去我那里谈。”她很高兴，在她看来，能到一个男人的卧室谈，说明那个男人接纳了她。我说：“这同时表明，那个男人对你心怀不轨。”她说：“你不会的。”看来，她是太不了解我了。我说：“你们家好像还没有什么门第观念，不过，你们家的气氛让我很是压抑，大白天的还拉着厚厚的窗帘，搞得里面像是点满了油灯的寺庙一样。”

我认为，张婷之所以喜欢我，是因为我有别于她以前见过的那些人，在行为和说话上，越是表面沉静的人，她的内心可能越是波澜壮阔，越有常人难以理解的憧憬。我对张婷说：“你不是喜欢我，你是喜欢一个类型。”如果别人也是我这样的一种行为方式，你也会喜欢他的。她想了一下，然后说：“不是，我是喜欢你这个人。”我了解这是一种什么样的状态，人一旦认定自己的想法，是很难改口的，即使，她在说出来之后也对自己的话要表示一定的怀疑。

我经常经历这样一种周期性的情绪，有的时候，我极其需要女人，有的时候，我对女人一点兴趣也没有。我的同学笑我：“你这属于周期性的发春。”我笑他：“你是一只时刻准备交配的公狗。”他说：“我那是身体需要。”我的同学很瘦弱，我们说他是因为纵欲过度。我对他说：“你要小心一点，别猝死在女人的床上，这样，你害了自己不要紧，你还会将满足你的女人拖下水。”我的另一个同学说：“这种行为也是健康的。”我说：“要健康的话，最好还是带上你的避孕套。如果没有，保鲜膜也要带上一张。”

我和张婷的朋友圈是截然不同的两类人。他们碰到一起的时候，还泾渭分明地体现出来了。

张婷对我说："我们已经谈了这么久了，让我们彼此的朋友见个面吧。"其实，所谓这么久也就半个月吧，也许还没有，这个时间要看你是用那一种算法。我说："也好啊，那就去喝酒吧。"她说她的朋友不怎么喝酒，去唱卡拉 0K。其实，不论我们在一起做什么，两种人碰在一起是无论如何也不 0K 的。虽然，我们一开始彼此寒喧，并且，脸上都堆满了勉强的笑容，但彼此都能感到对方的不自然。张婷和她的朋友唱歌，我和我的朋友喝酒，很快，我的朋友喝酒发出的声音超过了她们唱歌的声音，我明显地看到了他们的眉毛拧在一起了。

后来，她的朋友走了，我和我的朋友还在喝酒，渐渐的，前面没有说的话开始说了出来，我的一个朋友大声对张婷说："我不喜欢你的那些朋友，他们都是一些傻 B。"我太了解自己的这些朋友了，但是，我不能这么说，我对张婷说："你别太多的理会他，他就这样。"我的朋友马上补上了一句："你别生气，我不是说你。"其实，我知道，如果，张婷不是现在作为我的女朋友存在，她也会划入傻 B 的范畴。但如果你这么去计较的话，不知道谁要表演头裂啤酒瓶的功夫了。

后来，张婷问我："刘芒，你到底喜欢我吗？"我怎么听着这话这么耳熟？我说："你自己去感觉吧。"她说："现在，我什么感觉也没有了。"我说："也好，本来我就不是那么适合你！"她马上说："我不是这个意思。"我说："我也没有感觉你有什么意思。"

再后来，我在路上看到了张婷和她的表姐。第一天晚上单独去约会的时候，张婷就提起过她，但是，我没有在意，现在，我才想起张婷的确没有说错，她的表姐长得可真漂亮。男人应该都有喜新忘旧的坏毛病，我也不例外，从我离开第一个女人开始，我就已经有这个毛病了，但是，我一直不想说，我一直避讳，但是，我知道，我永远也避讳不了了，当流氓成为一种普遍现象，也就没有什么不好意思的了。其实，在我看来，中国古代就开始有公开的流氓了，而且，流氓还是上层社会的活动。

流淌着女人洗脸水、洗脚水、洗屁股水的秦淮河不就被文人骚客歌颂了这么多年吗？我的一个朋友在听说我在写小说后，他就叫我是“骚客”了，这个骚客可是个简称，扩展开来就是，骚货嫖客。据说，唐朝的时候，中了状元的，还可以用公款嫖妓，而且是合法的。

张婷向她的表姐介绍我的时候说：“他是刘芒！”她表姐很诧异，流氓？原来，流氓这个概念在人的心中是那么根深蒂固，女人也不例外。当然，本来男女都是一样的，许男人流氓，就不许女人流氓了？但我还是介绍道：“我不是对你耍流氓的那个流氓，而是刘邦的刘，锋芒毕露的芒。”表姐斜眼不屑地“嗤”了一声。她一定觉得我是一个十足的无行浪子、流氓。

张婷说：“这就是我说给你听过的我的表姐。”我说：“是的，但是我忘了。”张婷说：“我表姐是美女吧？”我说：“各人看待美的看法是不一样的，你说是美女，我却可能不一定赞同，不过，你表姐在我看来，还算是美女。”我绕了这么大一个弯，还是承认了，其实，一开始，我并不想去表扬她表姐，因为她的表情和我一样讨厌。

她的表姐叫夏荷音，特琼瑶的一个名字。张婷说：“她的名字好听吧。”我说：“比你的还俗。而且，看她凶神恶煞的样子，真是糟践了这个名字。”她的表姐说：“你这个人真讨厌。”

我说：“彼此彼此”很奇怪的是，我和她好像前世有仇似的。

世间的事情就是这么难以捉摸，我喜欢上了夏荷音，那个名字俗气拗口的人。当然，我说过，要我喜欢一个人的前提，就是那个人也喜欢我，我这个人好像什么都吃，就是不喜欢吃亏。我妈说，这样的性格迟早会让我吃更大的亏，但是，在没有吃到那更大的亏之前，我还是像平时一样生活。

我也喜欢张婷，她在我看来有点幼稚，与年龄不太相符的幼稚。我不喜欢小孩，按理说，我是不喜欢幼稚的，但是，我还是喜欢了张婷，不管是被迫还是心甘情愿，可是，我说的这些就是事实。我是什么时候喜欢夏荷音的呢？我估计，她也不知道。我想，我们就像两只狗，刚开始互相咬，渐渐地被对方的气味吸引了，于是开始互相转着圈嗅。

我将这个比喻说给夏荷音听的时候，她恼道：”什么比喻不好，你怎么说我是狗呢？”

我说：“我可没亏待你，不是给你拉了个垫底的吗？”她说：“要做你做，我不是。”

我说：“随你，我是狗，我叫你亲爱的！”

夏荷音说：“你这个人不好，见一个爱一个。”我说：“这是自然规律，我不可能爱一个然后才去见一个吧。这是按时间顺序来的。”

她说：“这样看来，只有在这件事情上，你看起来才比较正常。”我没有理睬她，我不想沦落到和女人去无休止争辩的无聊里。而且，一旦在女人自认为有道理的时候你闭嘴，你会省去很多麻烦，这不是我的经验，这是我表哥的经验。我的表哥在部队里养成了坏毛病，就是喝酒，当然，喝酒并不完全是坏毛病，喝醉也不算，但是，只要一喝酒，就一定要喝醉，这算不算坏毛病呢？他说：“我虽然有这样的毛病，但有一点我让我老婆觉得很受用，就是我不论喝没喝醉，我都极大的满足我老婆的虚荣心，她说的那些狗屁道理，稍有点常识的人都知道，但我还是说，老婆说得有道理。但我不是怕她！”这话我同意，因为无论从哪个角度来说，一旦动手，她肯定不是我那个特种兵出身的表哥的对手。

我的表哥表弟很多，我很少记他们的名字，我见到他们总是嘴里咕哝一声就算打了招呼，他们的记性很好，在记名字这方面。这点，我哥哥像他们，我说过。我的这个特种兵出身的表哥说：“刘芒，你就是目中无人，连亲戚都不热乎，一点也不像你哥。”我心中暗笑，我哥？他除了记得你的名字，不会比我好。也就你，记住了你的名字，你就忘记了他的那副谁都欠他钱的样子了。

我的这个表哥越说越激动：“我要跟你喝酒，谁先趴下谁是孙子。”我说：“我可不想占你便宜。”他瞪圆了眼睛：“你的意思你比我能喝？”我说：“我没这么说，你以为呢？”我旁边的表弟妹开始起哄了：“喝！不喝谁是孬种。”看热闹谁都会。我对着叫得最凶的一个表弟说：“你叫什么？你来喝，反正喝死不是你的事。”他说：“我不会。”我说：“你不会？那你叫什么？闪一边去！”我本来想将这件事就这么不了了之。结果我的表哥说：“这酒是跑不了的了，来，咱哥俩喝。”

说到喝酒，我们家可是有优良传统。现在，这旗帜可要传到我的手里了。我知道自己的量。那一战，现在，我只能用上了战斗的语气。那天晚上，我的表哥就躺在医院了，交了几百块钱买了个床号。我那次喝酒的时候，我旁边有一个女人，在我笔下出现过，但是，我忘了是谁，当时，她不停地拉我衣袖。我冲她说到，女人就会成为男人的掣肘。她就转身出去了，既然她出去了，我也就没有记住她了，而且，反正她已经属于遥远的过去了，我就是快马加鞭也追不回来了。

我说不回忆过去，那是我在撒谎，因为，我从来就没有停止过回忆。说我不后悔，那更是在撒谎，如果不后悔，我就不会有这么多回忆。不论是美好的回忆，还是黯淡的回忆，我的回忆中总有女人贯穿始终。我的朋友说："那当然，你是艺术家嘛，艺术家怎么会缺少女人呢？"我说："你将艺术家说得跟妓院的龟公一样了。更何况，我不是艺术家，要说是，那也要在前面加一个伪字。"他们说："你说这话才真是虚伪了。"我说："你们知道个屁。"他们根本就不生气，还对我说："没关系，我们屁都不知道。"

我的一个同事说："我不理解你写的东西，你写的是黄色小说，里面尽是做爱。"他这个人，我根本就不想理睬，他才真是个十足的色鬼。一次他去看人体摄影展，他谎称是艺术家，结果在女人体面前开始流口水，从一开始到被赶出去，他就没有停止，就像一只疯了的狗，舌头不停地淌着涎水。他曾经问我："你是学油画的，你画过人体吗？"我说："画过。"他问："是真的人体？"我说："是！"他又问："是女人体？"我说："对！"他还问："是脱光了衣服的？"我说："的确如此。"他开始流露出憧憬的眼神，口水流在襟前。他抬了一下衣袖，将痕迹轻轻拭去，脸上顿时清澈如初了，忒有诗意了。

我这个同事平时胆小如鼠，我曾经在一起出差的时候给他讲了一个鬼故事，他本来想上厕所，结果，硬是憋了大半个晚上，半夜的时候，我看见他拿起一个啤酒瓶，将自己下面那家伙对准小口的啤酒瓶就浇了下去，也许最初没对好，撒完后，他使劲儿地甩了甩手，在他刚扬起手的时候，我就做好了准备，将头蒙住了，因为，我想，他绝对会借这个机会报复我。他有的时候胆子挺大的，那就是去借A片。我的另一个同事就复述了这样一件事情，我的这个同事想缓解一下男人的虚火，其实，看A片不是一个好的选择，看完后不自己解决，很容易上火。他大摇大摆地就进了一个影碟出租的小店。我的另一个同事用一副佩服得要死的神情说，他当时进了店就对店老板说："有刺激一点的影片吗？"店老板抬头问道："你要什么刺激的呢？"他说："要看起来刺激的。"店老板的老婆在旁边吃饭，由于天气比较热，她的半截胸脯露在外面。看着我的同事望着他老婆，他很不高兴："我这里当然是看着刺激的，难道还有做着刺激的啊。"

我的这个同事后来说："我是带着批判的眼光去看的。"我们都说："这个我们理解，就像你做爱也是带着赎罪的心情去做的。"

我想，一个到了一定年纪的男人，都接受过这方面的教育。但是，我接受教育比较晚。我的同学在后来特意给我寄来了几十张这样的光盘。他在盒子上写着：祝你天天向上。刚开始我以为他买到了我想要的书，没想到是这个。我说，我 定响应号召和你亲切关怀。

夏荷音和我好的事情张婷并不知道，因为，我们谁也没有让她知道。我想，如果一个人或者几个人，要去保守一个秘密，还是有可能守住的。除非，他是有意要泄露。后来，张婷还是知道了，这是夏荷音有意泄露的结果。

张婷问我："你和我表姐睡过吗？"她问的时候，还是很纯真的表情。我说："睡过，但我们都穿着衣服。"其实，我的回答太啰唆，她只问我睡过没有，并没有问我们是不是彼此"坦白"。我想，以后如果还有谁这么问，我一定只说前两个字。张婷很高兴："我就知道你不会和我姐在一起的。"她还是很含蓄，她省略了在我姐和在一起之间加了个搞字。

张婷说："我一开始介绍我姐给你认识，就是要你喜欢我的亲戚朋友的。"

我说："如果是这样，你不妨多介绍几个像你表姐那样漂亮的女孩子给我认识。"

夏荷音后来假装惴惴不安地对我说："刘芒，我表妹知道我们好的事情了。"

我说："是的，她知道了。"

她问："她说什么了？"

我说："她说她很高兴，希望我们下次见面的时候，不要有太多的羁绊，将心理和身体负担全部抛开。"

她说："我表妹真是这样说的？"

我说："白痴才会这么说，你认为你表妹白痴吗？"

她说："我不这么认为。"

我说："那就是了。"

和女人在一起，真的要时刻保持一定的距离，但这个距离很难把握，离她远了，她会说你对她冷淡，离她近了，她会认为你失去了所有的神秘感。当然，男人看女人也是这样。第一眼看见女人，你就想和她上床，第一次，你们就上床了，于是，你觉得她很随便，你还对自己和她说，我不是一个随便的人，我不喜欢太随便的女人。这话说出来，我们都显得很随便，因为，说这样一句话，对于汉语流利的我们来说，那太简单了。我对夏荷音说："我们以前幸亏没迈出那一步，但是，现在可以了。"

她问："这是为什么呢？"

我说："审讯已经结束了，我无罪释放，重新收集罪证需要一个很长的过程，而我们解决男女之间的事情只要几分钟就可以了。"

我的一个朋友对我说："刘芒，你小子很有艳福啊，和两个美女一起在街上招摇，你就不怕别人朝你的后脑勺扔砖头？"

我说："没有金刚钻，怎么敢揽这瓷器活呢？"

他说："你牛 B。"

我说："你才牛 B 呢！"

和她们两人和平地走在一起，这样的机会不是很多，没想到就让他看见了，你说，他不牛 B 吗？

我的局长有一天对我说："刘芒，我不干涉你的生活，但是，你应该注意你的生活。"我莫名其妙，因为，那天他对我说这样的话毫无征兆。而且，我不知道他是指我和现在的两个姑娘还是从前的凌双燕。

我说："我的生活在一步步地沿着正确的轨道行进啊。"

局长说："是吗？我今天下了两次楼，就有两个女的拦住我问，你知道刘芒在哪里上班？"

我笑着说："我的面见率还没您高呢。"停了一下，我说："那我怎么没有见到她们呢？"

局长说："我将她们都打发走了，我说你今天没来。"我冲上去，紧紧地握住他的手，"局长，真是太感谢你了。"他一头雾水地看着我，摇头走了。后来，我发现，我那天手机没开。

我回到家的时候，张婷坐在我家和我妈说话。大概已经说了很久了，看见我回来，两个女人马上同时起身。我妈说："你今天忙什么了？"张婷说："你上班累吗？"两人的样子特别滑稽。我说："我今天没忙什么，就是上班，上班每天如此，不存在累不累。"

晚上，张婷对我说："刘芒，晚上我们去喝茶吧！"我说："不去，不如买两斤茶叶回来喝，一次放一斤，什么渴也没有了。"她说："我不是渴，我是要那种环境。"我说："我们花两块钱，买两根蜡烛，自己点着，你觉得不够的话，再点几根香，还烧几片纸，念上两句咒语似的东西，肯定特别有情调。"她看着我，脸上露出惊怖的神色："你怎么了？""我怎么了？"我也在问自己，难道因为局长说了我？如果因为这个，那太不像我刘芒了。或许什么原因也没有。人的情绪总有高潮和低潮。

张婷说："那就是你讨厌我了，你真的讨厌我了。"然后走了，我也走了，走了出去。我一把拉住她："去哪？"她说："不要你管。"我说："说不定咱们顺路。"我的心情变化得很快，正因为这样，我读书的时候，除了流氓这个名字以外，别人偶尔也称呼我"神经"。我觉得她们叫得非常亲切，在我看来，神经是人体上很重要的一部分。他们这么叫，就像用手在抚摸自己的身体一样，或者是她们敞开自己的前襟，让我伸手去抚摸一样，是那么的熨帖。

女人是很容易满足的，也许只是一句话，甚至一个眼神。张婷那天晚上表现出了前所未有的兴奋，她说："叫上我表姐吧！"

我来不及阻止，她就将她的表姐叫来了，或许我记错了，我根本就没有做出阻止的举动。我觉得，我们仁就像在玩一个三人游戏，根本不像是在付出什么感情。张婷在我看来纯粹是一种幼稚，一种与年龄不相符的幼稚。夏荷音看起来不幼稚，其实，她和张婷差不多，只是看起来而已，如果仔细多看看，就能看出来了。

那天，我没有回去睡，和凌双燕分开后，这是我第一次没有回去睡。夏荷音说："我单位分了一套房子，你们去我那里吧，我那里有两张床。"

那天晚上，我们没有充分地利用那两张床。我们躺在一张床上说话，其实，要说的话早就说过了，我们只是不断地将那几个意思用不同的话表述出来罢了。直到完全无聊后，我们睡着了。那天晚上，我们什么也没做，谁也不好意思做，谁也不知道别人心里的想法，所以不敢造次。

第二天我回去的时候，我妈冲我笑了笑，然后走了几步回过头来还高深莫测地看我几眼。我知道，她一定以为昨天晚上我和张婷那个了。这个"那个"是我哥说的，他也懂得含蓄了，这其实不像他的作风，从小，他就不喜欢说只喜欢做，属于那种不说空话，多干实事的人。他这么问的时候，我在心里念叨着，变了，真的变了，都变了！

刘锋对我说："你是我弟弟，我只对你说，我的身体不行了，我有这样一种预感。"

我说："你怎么了？我昨天晚上没做，你别感慨。"

他说："我不是因为你而感慨，我是说真的，正好有这个机会，我能说给你听。"我没有过多的理睬他，但是，我觉得他的脸是陷下去很多了。

第十三章 北京

我哥死了，死的时候我不在旁边，我也来不及到他旁边，因为，他死得极其突然，不过临死前，他曾经对旁边的人说："刘芒呢？他怎么不来看我？我想见他。"

别人随便指了一个人对他说："刘芒不是在这里吗？"他却很清醒，坚定地摇了摇头，"不，他不是我弟弟刘芒，你们不要骗我了，他现在回不来，但我要走了，我真想看看他。"

那时候，我去了北京，我辞掉了家里的工作。当我赶回来的时候，就已经只看见刘锋的照片了，还有一个缕花的骨灰盒。他几十年的生命最后就浓缩在这样一个小小的盒子里了，我感到一阵悲怆，我觉得，我哥走完的这辈子，是那么的不如意，在我的印象中，他从来就没有舒展开过他的眉毛，皱纹、白发过早地浮现在他的身上，沉默、阴郁是他不变的形象。我甚至有些悲凉地觉得，也许，死才是他最好的解脱。

这是他距离上次对我说他不行后一年。我突然觉得，我缺少了很多的东西，有一种心脏被掏空的感觉，不管我怎么不喜欢他，他还是我的哥哥。这时候，他结婚三年了，但是，连孩子也没有。

我感到我和他是两条平行的线，走着不同的轨迹，也许其中有时有过换位，但是，我们还是保持这那些截然的不同。

我从北京回来后，我妈说："给你哥上炷香吧。"我拿起桌上的打火机，在跳跃蒸腾的热浪中，他的面容变得很生动，但那也只是刹那间的生动。我在心中默念，你安心地去你想去的地方，做你想做的事情吧。

在他这稍显短暂的一生中，除了和女人睡觉是自愿的外，好像没有几件事情，他是真正在按自己的意愿去做的。我的嫂子好像并没有多少悲伤，也许，如果她悲伤，倒会给我哥增添更多的悲伤，我也不希望她表现出太悲戚的神色。

我哥这辈子，他已经死了，不论他过完的时间有多长，都可以用这辈子来总结了。他其实是很倒霉的，或者说，他其实是经历了九死一生的。

六岁的时候，他就差点掉到井里淹死了，但就在快死的那一刻，他被捞了上来，那时候他已经气息奄奄了，我们都以为他活不过来了，但是，他还是挺了过来，有人就说他大难不死，必有后福。八岁的时候，他差点被车撞死了，当他爬起来的时候，我爸都呆住了，其实，在那千钧一发之际，他奇迹般地躲开了，只是将衣服挂破了，这次我爸爸又说了这句话，大难不死，必有后福。也是那一年，他去爬树，是偷偷地爬树，因为那时候，他从来不做这样出格的事情的，他是一个好孩子。但是，他差点就没回来了，他一个倒栽葱从树上掉了下来，应该说从"马"上掉了下来。他晕厥在地上，醒来的第一句话是，"我的马呢？"他在树上做骑马状，结果被弹了下来。这次，我爸妈又都说了这句话，大难不死，必有后福。十岁那年，他被别人一石头砸在眼睛上，我们都以为他就此瞎掉一只眼了，没想到，只是砸在了眼眶上。这次，我爸妈懒得再说那句话了，他们说了一句，这孩子，怎么这么倒霉呢？从此，我的哥哥没有出过什么毛病了。

我爸妈说了那么多次后福，他没有享受得到，但一句倒霉，他就碰上了。

逝者已矣，但活着的人生活还要继续。我在家待了两个星期，然后就又去北京了。我喜欢漂泊的感觉，因为我的心从来就没有安定过。那时候，张婷、夏荷音都已经属于过去了。我生命中的女人像走马灯似的，转换频繁。

我一个要好的朋友在电话中问我："刘芒，你又换了女朋友了吗？"每次他这么问的时候，我给他的答案都是肯定的。

张婷的爸爸问她："你和刘芒谈了一两个月了，你对他的感觉怎么样？"她是这样回答他爸爸的，"这个问题我不好怎么回答，应该是要问他对我的感觉是怎么样的。"他爸爸觉得很奇怪，在他的感觉中，他的女儿既聪明又漂亮，主动权当然是应该握在自己的手里，为什么还要看别人的态度呢？

他说："我是个局长，你是我女儿，难道他还看不上你？"这是一种霸道的逻辑，一种因霸道而显得无知的逻辑。事实上，我就是和他的女儿分开了，这是我去北京之前的事情了。

我得抽空将我去北京之前的事情说出来，因为，在北京的时候，我还是要经历很多的事情，我不想每次在过着新生活的时候却一直在怀念旧的过去。

夏荷音说："刘芒，我发现我越来越离不开你了。"我说："这是一种危险的信号，你最好好好地收拾你的感情，将它打包拎走。”

她问我：“你不想要吗？”

我说：“要什么？身体还是感情？”

她说：“我都可以给你，你只要其中一样也可以。”

夏荷音的人也像琼瑶里面的女主角一样大胆而痴情。她不知道，我已经完全蜕化成一个十足的流氓了。也许，正因为她知道我的变化，才这么对我说的，谁知道呢？我也没有过多的去探究过。

张婷对我说：“刘芒，我们什么时候结婚呢？”她说这句话的时候，我感觉就像小孩子玩家家时说出来的话。

我说：“你看什么时候？”

她说：“你决定吧。”

在她看来，只要我答应结婚，什么事情都不要想，只要等着客人喝完喜酒，我们上床睡觉。第二天，一脸倦怠地告诉别人，我们是合法的夫妻了，因为，我们昨天晚上享受了夫妻之间的鱼水之欢了。可是，结婚是这么简单的事情吗？也许是的，但是，我可不会这么简单的答应。

我单位的领导其实对我很好，但是，在一次他说我头发太长了时候，我愤怒地说了一句：“关你屁事。”他当场呆在那里，他本来是笑着对我说的，他一定认为自己的态度很好，却不知道为什么我这么反应。他迟疑了一下，对我说：“刘芒，也许这阵子我对你的私生活说得太多了，我不会再干涉你的生活了，你冷静一点。”我不知道我为什么会这么大的反应。那天，我还是见了张婷和夏荷音两个人，她们说了同样的一句话：“刘芒，你这阵子好像特别容易发怒，是不是得了甲亢？”

我照例是一怒吼："你才甲亢呢，你有病吧？"

我想，我是在一个环境中待久了，思维紊乱了。我对她们说："我可能要到外面走走。"她们马上都打开门将我放了出来。那个下午，烈日炙烤着我，我毫不在乎。

我的一个朋友开着车在我身边停下："刘芒，这么大太阳，你怎么这时候出来？我送送你，你去哪？"

我说："去死！"

他说："那我这车不到那里，你自己找准路！"他的车马上走了，等他走以后我突然想起来，今天我叔叔生日，我还要去他那里，应该叫他送送的。

我叔叔特别关心我，他没有儿子，就一个女儿，小的时候，他特别喜欢我，想要我过继给他做儿子，我爸妈不舍得，说："这孩子脑子有毛病，不好。"我叔叔说："那就将刘锋给我吧。"

我妈说："他脑子毛病更大，他不是摔过吗？而且，他大了，养不亲。"横竖就是不答应，话说到这个份上了，我叔叔那也不能强抢，毕竟这是一个人啊，不是一棵树。我本来想说不是一头猪，但想想无论比喻谁，那也是我的亲戚或者自己啊，这可不行。心里想也不能这么想，但我那时候还是想了，我就开始觉得，难道我真的像我妈说的，我脑子有毛病？我哥那时候和我一样沉默寡言，一眼望去，整个两个傻瓜。

我叔叔对我说："我还是喜欢小时候的你啊，小时候你多老实啊。"

我一听在这话我可不喜欢，我始终记得我老师对我说的这样一句话，老实是愚蠢的代名词。小时候我妈说我脑子有毛病，那是我不懂事，那也就默认了，现在，我可是明白是怎么一回事了。

我说:“叔,老实可不好,我现在是想老实,还老实不起来。”

我哥嫂和我爸妈找来了,他们看着我特别开心。而我嫂子总是面无表情,我想,一到人多的地方,她就不知道自己该呈现出一种什么样的表情。她是一个老实人。

那天下午,张婷和夏荷音像疯了似的打我电话。我叔说:“你是不老实了,你很忙啊。”

我说:“有两个姑娘骚扰我。”

我叔叔得意地笑了起来,他喜欢我这样有本事的人,因为,他也是我这样有本事的人。他说我这点不像我爸,像他。其实,这是很多男人的毛病,不存在像不像他,但是,我确实不像我爸,我爸过去的这些岁月里,好像从来就没有发生过什么值得回味的风流韵事。

叔叔说:“你把她们都叫来吧,你不是现在谈了一个女朋友吗?”

我哥说:“是的,叫张婷,是公安局张局长的女儿。”

我的嫂子低声说:“要你多什么嘴,难道是你找的啊?”我哥没有再说什么了。

我说:“我还没确定跟她们谈呢。”

我叔叔说:“好,不错,牛B,这才像我们刘家人。”

我心想,姓刘没什么值得稀奇的,牛什么牛。

我这个人从来就不喜欢赞同别人,我没学好这样一句话,己所不欲,勿施于人。我的行为总是和这个相反。

张婷和夏荷音是同时到的,她们同时对着我叔叔亲热地叫了一声叔叔,我叔叔仔细地打量了一下,很得意地点了一下头,然后说："你们坐吧，就像到了自己家里一样，随便一点。"

我想，随便倒是可以，如果她们不喜欢待在自己家里，说要她们到了自己家里一样，不是存心叫她们继续难受吗？她们两个人很亲热地说着话，根本就没有理睬我，我想，她们这是在演戏，心里一定恨死我了，大骂我脚踩两只船。平时在外面可以忍受，但这是见你的亲戚，这算什么啊？她们后来都这样质问我。但是，我都没有回答。

我很少去张婷的家里，从认识到分开，我大概去了四次吧。我去夏荷音家里却只是去了一次，去得多的就是她单位分配的房子里。张婷自己总结道，四和死的发音是一样，这是否意味着，我们早就应该在四次以后分手？

我说："不至于吧。"

我没有说分手，的确，直到我去北京，我也没有对她说分手，因为在我看来，我没有明确的表示过和她牵手了。

在我的心里，曾经有过执子之手，与子偕老。但是，那个人是曾经的一个梦了，而我，却很少能记住自己的梦，因为，既然是做梦，那也是当不得真的。张婷变得无比聪明地说，那说明，你对爱情的态度不端正。我想，任何一个长得太端正的男人，他在对待感情的态度上都是歪斜的。我长得不算很端正，但我也被女人这么说了。

那天在我叔叔家吃饭，我们三个人吃得很沉默，只是眼光都不停地在另外两个人身上梭巡。事后，我回想那天，我都吃了些什么啊。她们两个人和我是同时走的。我说，叔叔，我要先走了。她们和我是最熟的，我走了，她们也就失去了继续待下去的意义和意思。她们也说："叔叔，那我们也先走了。"

走出那里，她们两人一人拽住我一条胳膊，就像是绑架。

我说：“你们干嘛？”

她们说：“刘芒，你今天晚上过得开心吗？你们家人都很为你骄傲呢。”

我说：“这些骄傲都是你们给的，你们这么说是要我感谢你们吗？”

夏荷音说：“我们去我那里吧。”

张婷说好，因为她家里总是有人，很多事情不方便。也因为这，她才会默许我和夏荷音的亲热，也许，她很不甘心也是不一定的，不过她没怎么说过。她好像和夏荷音达成了某种默契，总是能和平共处。这是女孩子少有的美德，我想，这也许是因为张婷和我嫂子一样是老实人吧。就像我老师给老实下的那个定义。

我第三次去张婷家的时候，她的妈妈就问我：“刘芒，你什么准备什么时候和我家小婷结婚？”

我说：“您看什么时候就什么时候吧？”我的态度很无所谓，我的眼睛根本就没有看着她。她觉得很恼火，然后就没问了，只是自言自语，我问你，你倒问我了。

我也没有理睬她，然后对她说：“很晚了，我要回去了。”张婷妈妈看了一下墙上的钟，嘴角闪过一丝冷笑，那时候天气比较热，她的冷笑没有给我造成多么明显的身体感觉。

张婷的爸爸肯定也是这种态度，但他是个男人，他不好意思表现得太过婆妈。第四次去她们家的时候，她爸爸问我：“你在你们单位工作还愉快吗？”我知道，他在利诱我，如果我说我工作得不愉快，他就会提出，将我调过去，然后抛出他的条件，就是希望我和他的女儿结婚，但是，我没有给他这个机会，我说："我工作得很好。确实，我的工作还算完成得不错，虽然，我是懒散了一点。"

在家经过一段休整后，我对我妈说："我要去北京了。"我妈在此以前根本就没有听说过我有这种想法，她关切地说："你没受什么刺激吧？"

我笑了笑，我知道，我说这话才是让他们大受刺激。

我说："我很好，只是不想再在原来的地方上班了，它让我觉得没意思。"

我妈问我："那什么才有意思呢？"这个问题很难回答，对于有意思和没意思，个人的感觉是千差万别的。我喜欢自由自在的生活，一种懒散的生活，那种生活就是别人口中的"混"。这个字在我这里应该读第四声，是混沌的混，而不是混蛋的混。

我妈表示出了不理解，她说："在家千日好，出门一时难啊。"

我说："我知道，我就是害怕那种千日好，我喜欢一时难。"

我爸爸说："你出去混混也好，我年轻的时候就是这样，现在想混，还力不从心了。"我根本就没想到我爸会支持我，原来，他的心里和我一样也是波澜壮阔啊。

那时候，我已经疏远张婷和夏荷音几天了。但动身去北京的时候，我给它们每个人打了一个电话，我对她们说："我走了，我要去北京了，现在正在去火车站的车上。"

我说这话的时候，张婷笑了，说："你骗人，你老是骗人，你去那里干嘛啊？你不上班了吗？"

夏荷音接到电话的时候，她在那边啜泣的说："你怎么要去那里呢？你就忍心离开我？你什么时候回来？"

她们最后都是用疑问作为结尾，但是，夏荷因的疑问更为强烈。可是，我都没有回答她们的问题。

我说：“我走了，过去的日子里谢谢你们。”我不知道我为什么会说出这样一句话，真的，这一点也不像我的风格，如果真的有风格这样一种说法的话。

北京对于现在的我并不陌生，据说我很小的时候就去过，因为我爸爸当时在那边工作，那是他很年轻的时候，那是我完全没有记忆的时候，那是……那是一种什么样的感觉呢？就像别人说，你是一个富翁，但是，你从来就没有在自己的衣袋里找到一文钱。

如果仅仅因为这样而说不陌生，那北京人估计要给我一大嘴巴子，你这就算不陌生？那我在电视上看过埃及的法老，我还跟他以前打过交道呢。在我毕业前的两个月，我就去了北京，现在距离那时候已经也有两年多了，现在再去，肯定是物是人非了。

还有一个原因促成我去就是我高中同学叫我过去，他说，现在他一个人喝酒都没意思了。其实，在北京，我不只有一个高中同学，我还有一大群大学的同学，他们说：“现在我们也复古一次，做一做北京人。”我说：“你们不那么纯粹了，你们是山顶洞人。”因为，你们没有了北京人的特征。我看过那化石，真的区别很大！

我去北京的时候，是九月分了，我想，北京现在是秋天，应该很凉快了。事实上根本不是这么回事。我的同学说，他到北京的那一年，北京就下了一场雨，还是在晚上。但是，我去北京才第二天，就下了一场雨，然后不断地下雨，事实上，我经历的根本就不像他说的。

他住在一个很小的四合院里，我去了就和他住一间房子，睡一张床，那张床出奇的大。后来，在那张床上同时睡过五个人，还可以自由地翻身。另一间房子，睡了两个女孩子。

其实，这个四合院不能完全算四合院，说是两合才贴切，本来它和隔壁组合才能叫四合院，但这间的主人将原来老婆抛弃后，就分了一半给他老婆，也就是隔壁那一半。这是一个典型的富裕了就抛弃糟糠之妻的现代陈世美的故事。这个故事的主人是我同学的老板，就是这一半房子的主人，但是，他现在不住这里了，住高楼去了。

隔壁住的两个姑娘都是内蒙古的，我没有去过内蒙古，但在我的印象中，内蒙古的女人都是厚背，丰胸，然后加上一张挺残酷的脸。这种印象是电视留给我的，但那两个女人不是这个样子，她们给我的感觉不像北方人，更像南方的女人。

她们两个人，一个叫小红，一个叫小白。原因是，她们一个喜欢穿红色的衣服，一个喜欢穿白色的衣服。

第十四章 小白

如果你回忆很早的时候，然后马上将回忆拉近到现实中来，你会发现，时间过得真的是太快了，快得好像仅仅是你眼睛的开合之间。我读书的第一课写的就是《我爱北京天安门》，那时候，我不知道北京在哪里，它像漂浮在云端的一个梦，在金光万道之中，天安门巍峨耸立。那时的想法真是很纯洁，那时的我，也很纯洁。

我到北京的时候，我的同学来接我了，他手搭凉棚，眼睛在过往的人流中搜寻，但是，我知道，他的眼睛近视，那一天，也确实是我在他的眼前看了他一会儿，他才看到我。

他对我说："北京大吧？"

我说："那要看对比的参照物是什么？"

我的同学说："至少比我家大多了。"他说的这个家不是在北京住的地方，在我们的心目中，家还是一个传统的牢固的概念。我也不会说我寄居的地方是家，因为它连家人也没有。想到家的时候，我想起了我爸、我妈、我哥还有我嫂子。出来的时候，我答应过他们，一到北京就给他们打电话的。

我来北京，没有什么打算，就是混，而我的同学就给我提供混的资金。

我的一些其他的朋友感叹说："你的同学可真好，他们为什么啊？"

我不知道，对啊，为什么啊？

我的同学对我说："明天我们去玩玩吧，去看看圆明园、颐和园。"他问另一间房的两个女孩子："小红，小白，你们明天出去玩吗？"我在屋子里看书，我除了一开始听到这句大的声音后，就没有听到她们说什么了。

然后，过不了多久，我的同学回来了，他对我说："她们对你很感兴趣呢。"

我说："我是个无趣的人，有什么好感兴趣的？"

那天晚上，我听见她们不停地发出一阵阵的笑声，我想，她们真是快乐，但是，什么事情要值得这么快乐呢？人生是苦痛的。我这样想的时候，很容易就认为自己是个有思想的人，但现在，我不是来寻求自己的思想的，我是来混的，我对自己的目标是，将自己的经历写出来。我的经历其实一点也不曲折，我没有经过很多苦难，但是，现在，我想找到一点。

躺在床上，我的同学问我："在家上班有意思吗？"

我说："你问的这是废话，有意思我能出来吗？"

他说："可是我听别的同学说，你活得很有意思啊。"说完，他笑得很贼。

我说："你说的是我和女人之间的事情吧？"

他说："我还能说什么呢？作为男人！"我说："你也很不错啊，

这里有两个女人。”他叹了口气，说：“她们？只能看看。”然后，他不和我说了，我也不想说，我继续看书。我喜欢的作家很少，喜欢的范围也很狭窄，所以，从很大程度上来说，我是一个孤陋寡闻的人。

我住那里挺习惯，就是有一点不适应，就是屋子里没有单独的卫生间，厕所都在外面，如果单单是这样，也还能容忍，我所不能容忍的是，厕所的蹲位之间没有隔开，一扭头就可以看见别人白花花的屁股。偶尔还能直接看到一缕轻烟从他下面的腔子里喷薄而出。

不知道为什么，我总是想起我的一个同学对我说的，他去杭州学画的时候，很少洗澡，因为住的地方没有洗澡的，洗澡要到中国美院里面。他学画的时候是夏天，天气很热，去的头一个月他不敢去洗，因为他不好意思。后来，实在受不了了，他拖上另一个朋友一起去，去了澡堂，他穿着裤子就想进去，门口的老头对他大喝道：“将裤子脱下。”也只有在这种情况下，才可以公然大声叫出这句话，换一种场合，别人肯定认为你是一采花贼。我这个同学以为他同去的朋友也会像他这样不好意思，没想到，他一转头，那人已经干净利落地进去了。没办法，他像大姑娘似的扭扭捏捏地脱下，然后用一条毛巾遮住私处才敢走进去。进去一看，别人在尽情地展现那美好的甚至有缺陷的身体，就他好像得了性病似的捂住下部。

他的朋友关切问他：“你磕了那里？”

他说：“没有，”然后伸手在那里挠了挠，说：“我这里有点痒。”

后来，他总结了一句，谁会注意你啊，别把自己当回事。再说了，你有的，去那里的都有，说不定别人的比你更威风。我想，是啊，就你那身板，也实在没资格在那里抖威风，你估计就是因为自卑。但这话我没说，我怕他真自卑，或者从此落下什么心理阴影，造成什么不挺不举的，那我就是罪过了，他要想完成人类传宗接代的重任就只是一句空话了。

我到北京之前，我的这个同学结婚了，他已经过了晚婚的年龄，所以，他说："我什么时候结婚都不违反纪律了。"

作为他的同学，我知道他的底细，我说："如果你以前的女朋友生了小孩，你的孩子现在快读小学了。"

他说："这话你可只能当着我说，现在我要结婚了，你说这话可要负责任的。"

我说，："你做的时候都没有负责任，我将你的事情说一说难道还要负责任？"

他说："这可不一定，你没看到电视上说，有人说哪个明星强奸女人，这也许是事实吧，但是，你就是不能说，说了，你的麻烦就来了。"

我说："说得很有道理。"

他说："你是流氓，你要小心一点，别被人告了。"

我到北京之后，他给我打了个电话，他说："刘芒啊，结婚可真是一件麻烦事。现在我老婆快要生了。"

我说："你才结婚多久啊。"

他说："结婚前就怀上了。"他挺像我前面过的那个同事，这在我们那里，这样的事情实在不是新鲜事了，但是，还是有人愿意拿它做新鲜事来说说，就像我，还有我的这个同学。

我说："这样好啊，你现在就快把人生前面的大事做了，剩下的只有一件大事没做了。”他问我：“是什么？”

我没有说：“因为不吉利。”虽然，这个字很切合他此刻的悲凉心境。

我虽然睡得很晚，但我还是很早就起来了。小红和小白磨蹭了半天，我的同学很理解地说：“女人嘛，总得花时间梳妆打扮。”

趁着这个时间，我还是得说说我在这里头天晚上的感觉。由于厕所离得远，而那天我们又喝了几瓶啤酒，过不了多久就要上一次厕所，那很麻烦，我的同学拿起啤酒瓶就往里面撒尿。他将声音弄得很大，他喝得有点迷糊，嘴里还大叫，暴风雨就要来了！用完一个啤酒瓶，然后又在另一个啤酒瓶里灌了半瓶，方才作罢。

我说：“我的份额让给你了，你负责将它们解决。”然后，我走了出去。一趟还可以，次数多了，就懒得跑那么远了，出了门对着墙根就浇了起来，这还不是对着自己住的地方，怕影响基脚，生怕哪一天垮了，自己被埋在里面。

等到两人弄完以后，已经不能算早了，我的同学说：“可以走了吗？”她们看了我一眼，然后相互笑了一下。我不知道她们怎么跟去动物园看猴子似的瞅我，难道我天生异相？

她们两人都穿了一件紧身的T恤，隐约可以见到背上胸罩带子的痕迹，明显就可以看到丰满的胸部夺人心魄。我看了一眼，后来还是忍不住再看了几眼，我看她们的时候，她们也看见了我，马上自己也欣赏了一下。然后对我笑笑，因为，她们也知道，她们展示出来就是要给人看的，要不就应该拿一个布条狠命地束胸，还要含着胸。但她们不是，她们真的就像一句广告语里说的，做女人挺好！后来，她们对我说：“这句广告语不单适合女人，对男人同样适用。”我说：“还是叫作男人硬好吧！”说这话的时候，我真的硬了，因为我的手已经按在了小白的胸脯上。这是后话，后面再说！

我的同学说：“她们今天怎么穿得这么暴露？”我说：“她们穿得挺严实的，怎么叫暴露呢？你自己意淫就别诬赖别人了。”我们说这话的时候，很小声，但是，她们对我们说：“你们鬼鬼祟祟地说什么？还要不怀好意地瞄我们！”

那时候，我跟她们不怎么熟，所有的回答都是我的同学在说：“你们漂亮，不瞄你们瞄谁，难道瞄老太太？”车上，旁边坐的一个老太太马上将干瘪的胸部挺了挺，但还是达不到当年的高度了，于是，马上又惭愧地低下头假装瞌睡。

小红说：“圆明园不好玩，破烂不堪，还要收钱。”

我说：“如果你家能破成这副规格，那我也交钱去看你家！”小红的脸红了一下，没有再吱声。

我的同学说：“我知道哪个地方可以爬进去，那个地方有个缺口。”又不要花钱，当然是好事，我也就跟着去了。那个地方好像现在被封严实了，所以，说出来也提醒不了想偷进去的人了，不过，那护栏还是一如既往的低，如果谁下定决心要进去，自然是不可阻拦的。

我们很容易地进去了，我的同学说，他从这里进去的时候，被抓了一次，那是在圆明园里有一个活动，他和几个朋友爬进来看，但是，很不巧的是，下面就停了两辆警车，他身姿潇洒地跳了下去，稳稳落地，如果是体操比赛，这个动作完全可以得满分。他们落地的地方，就是警察的身边，警察叔叔也很和蔼，没有特别的要求，就只是要他从什么地方进来的就从什么地方再爬出去。当时，围观的人很多，如果就这么出去了，那真是太掉面子了，同来的还有几个女人，这要她们出去怎么见人呢？我的同学当时喝了点酒，就跟警察侃了起来，我这个同学居然凭着那三寸不烂之舌说动了警察，最后处理的结果是，以后不要这样了。以后？以后还是这样，这不，我们不还是从这里进来了吗？

我是早就想来圆明园看了看，我读书的时候就发过一本书，封面就是圆明园遗址照片，上面写着：不忘国耻，警钟长鸣。上课的时候，群情激愤，当时同学们就说："我们也要去抢掠外国，夺他们的财宝，强奸他们的女人，最后，每人站在福建的沿海地带向海里撒泡尿，造成一次大海啸，让日本就此消失，或者让那里变成一块盐碱地。"后来，老师说："你们的愤怒我理解，但不能以怨报怨。"

我还是想，为什么不能？想是这么想，但是，我没做过，我没去过日本，甚至连福建我至今还没有去过。不过，后来，我想想还是罢了，因为福建附近的海域是我们的，我即使撒得再远，也不能直接像导弹一样打到日本的本土上。撒在自己的海域，污染的是我们自己的地方，不合算也不科学。

我到大水法遗迹的时候，我说："真的跟那封面的样子是一样的，历史还是有真实的。"其实，我可能一开始就并没有怀疑过它的真实性，但是，这样证实才让我心安，我不知道这是一种好的习惯还是不好的习惯。小红小白说，这是个门吧？那柱子是整块石头雕的呢！真厉害！

沉重的历史，被我们现代人轻飘飘地理解着，因为，我们已经没有岁月的沉重感觉，如果有沉重，那也只是自己走过的这些年的小小的不如意。我们总是将自己衣服下那个小无限放大，终于迷惑了自己。

小白说：“这里让我感到无比的苍凉，我现在的心境已经承受不了这份厚重了。”她的话吸引了我，我盯着她仔细了看了一眼，她没看着我，但是，她一定注意到我了。后来，我才知道，她说这话是多么的有深意。真的，千万不能小看女人。

小白问我们：“你们喝什么？我有点渴了。”他们都要可乐，我说：“我要矿泉水，我不喜欢喝那个东西。”小白说：“那就我和你喝一样的。”她就买来了两瓶矿泉水和两瓶可乐。

我的同学喝完后，瓶子一直拿在手里，我说：“扔到垃圾桶里吧！”他说：“别这样，要保护环境。”我说：“我不是乱扔。”他这才低声对我说，拿回去晚上盛尿。我说：“你还是买一个像女人用的马桶吧。”他嬉笑说：“用那个丢人，用这个，晚上随手扔了多好。”他说：“这是不同环境造就不同的文化。”我说：“也许吧，但被人看见了，肯定会被人说没文化。”

我说这句话的时候说的声音比较大，小红马上看着我，说：“我是没文化，我读完高中我就没读了。”

我说：“我没有说你。”

她说：“我这是突然的感触。”我心想，你的感触太没来由，你不是在发感触，你是在发神经。但是，我没说，我笑呵呵地说，我现在是什么感触的心情也没有了，我要逐渐学会不感触，因为没触到什么，所以什么感也没有。我说完，在她的胸口很下流地看了一眼。我觉得，我对小红的感觉突然就降低了许多。但很多的时候，感觉是相互的，你厌恶一个人，那个人很可能也在心里厌恶你。的确，后来，小红对小白说，我觉得那个叫刘芒的很流氓，很自以为是。虽然我很不提倡泄露别人对你说的隐秘的话，但对于小白的这种行为，我还是没有加以谴责。

后来我知道了，我的那带有讽刺性的话语严重挫伤了小红对我的好感，这是第一次，后来还有过一次。要不，她还真的会喜欢你，进而和你发生一点什么故事呢？这是小白对我说的。小白说，后来，小红看你对她没意思，所以转投你同学的怀抱了。

那个过程也是很短暂的，再后来，她在我离开那里之前，她就离开了我们住的那个地方，跟一个我们不知道名姓，连面目也没看清的男人走了。这些都是后来的事情了。

在颐和园的时候，我的同学趁着看门的一不注意，从侧门一个跨栏就进去，他站在里面招手叫我们也像他一样进去，但是，我们已经错过最好的时机了，最重要的是，我们的心理素质好像没有他那么好。我们一看着检票的人那脸，心里就发怵，这肯定会使我们的动作变形，一旦动作变形，那危险性肯定大增，犹豫了一会儿，小白说："咱们别冒那个险了，我去买票。"话一说完，她就动作敏捷的拿了三张票过来了。

她塞给我一张，塞得很实，她将整个手都塞在我的手里了。我也借机捏了一下她的手，我还是本性难改。她笑笑，没有缩手的意思。小红一脸鄙夷地说："你们干吗？不想分开了？我的票呢？"小白赶紧将手抽了出来。我感觉小白的手指修长而纤细，握在手中的感觉真好。人就是这样，你在一个地方看惯了那个地方的女人，你换一个环境，你会重新勾起心中升腾的欲望。

当天晚上回去的时候，我们一起吃了一顿饭，那顿饭纯粹是感情饭，我们的眼睛都在异性身上长久地停留，吃得依依不舍。

从她们的口中我得知，小红和小白是初中高中的同学，但后来的境遇不大一样，小白考上了大学，小红则在外打工去了。小白在一家报社做编辑，是娱乐编辑。有一次，我和小白一起出去，在地铁上，一个残疾人在拄着一根拐杖，嘴里大叫道，“刘德华跳楼，赵薇被情杀。”我说：“真荒谬。”小白说：“这种新闻就是我们那里出来的。”

我去过小白的报社，那是在一个部队的大院里，门口站着两个持枪的士兵，我们一进去，他马上敬礼，语气柔中带刚地问：“你们找谁？”小白马上拿出自己的证件，我说那是腰牌，她总是将它放在腰兜里。那个士兵仔细地看了一下，然后问她：“他是什么人？”她说，他是我的同学。语气很自然，看来，这样的谎她撒得已经很熟练了！

那天是星期天，她们放假，里面除了我俩，没有人再去。她们工作的台子上很凌乱，我想，也只有那种地方才能捏造出这样乱七八糟的新闻。她问我：“你看我们这里乱吧？”我说：“是的。”

“我们就是抄别人的新闻，编一点新闻，别人还抄我们的呢，奇怪吧？”

我说：“奇怪。”我语气很平淡，她知道我心里全不是这么回事，也就没有再说下去了。

她问我：“喝水吗？”

我说：“可以。”她拿了一个纸杯，一会儿，她告诉我：“对不起，没水了，你渴吗？”

我说：“我不渴。”

她脸通红地站在我的旁边，对我说：“你旁边的这个台子是我的。”她的台子相对来说是最干净的，在隔板上，放着一张照片，是她和一个我不认识的男人的合影。她见我在看那张照片，对我解释道，这是我大学的一个同学。我哦了一声，我觉得，你年纪也不小了，你如果说你还没谈过恋爱，还是处女，我真还不敢相信。

我漫无目的地四处望了一圈，她却对我坦白了：“他是我以前的男朋友，但是，他和我分手了，他去了深圳，和别人一起去了。”

我问她：“你后悔吗？”

她看着我，摇了摇头：“没什么值得后悔的，但是，因为他是我的第一个男朋友，所以有点怀念罢了。”

我问她：“你就只谈过一个？”

她笑了笑，有点不好意思地说：“正式的只有一个。”

我笑道：“那就还有一些非正式的啊。”

她也笑道：“我好歹是美女啊，总会有人追啊。”她的眼睛开始直勾勾地看着我。我也肆无忌惮地看着她，我知道，该发生的终于要发生了！我揽住她的腰，她就将眼睛闭上了。但是，我们没有亲吻，因为下面楼梯有响动了，她像一只惊弓之鸟，马上从我的怀里挣脱开来，没有半点陶醉的样子了。脚步声经过这层的时候，没有停歇，继续往上去了。但是，我们都已经没有那种感觉了，暂时没有了。

本来，我们的进度要进行得更为迅速，可是，因为种种客观原因耽搁了。我想说明的是，那是我们一起逛公园后的第四天。

在前一天，我在我的本子上写了这么一首诗——《红墙绿瓦》

小时候

我沿着红墙根一步一步
慢慢地
行走——
踢着脚下枯黄的树叶
听着“沙拉、沙拉”的轻响
萌生出想看一看里面的念头
那里面一定华丽壮观
我做着纯真的幻想
稍大一点
我终于爬上了红墙
趴在红墙的绿瓦上
我迫不及待地向里张望
却只见一片颓败荒凉
虽然——
有人来往穿梭
我抑制不住仰天号哭
直到星斗满天
后来
我揣摩出一个道理
被围着圈住的景物准是破败的
但我不解为何墙、瓦会如此鲜艳
我带着疑问四处奔走
结果——
历史打肿了我的左脸
现实打肿了我的右脸

我在写完这首诗的时候，我去外面的厕所拉屎去了，回来的时候，看见小白坐在我原来坐过的地方，手里拿着我的这首我自己认为是诗的东西，当然你也可以叫它“屎”。就像我拉出来的东西，黏稠的、稀释的或者是结块的。看见我推门进来，小白马上现出惶恐的神色，她说：“我没征得你的同意就看了你写的诗了。”

我问：“你怎么不上班？”

她说：“我只上半天班的，我上午一早就上过班了。你一觉就睡到下午，真好。”

我说：“我习惯晚上不睡觉，将它移到白天。”

她说：“你是个奇怪的人，就像你的诗。”

我说：“我这个也叫诗吗？”

她说：“是啊，你写得很好呢。”

我说：“其实，每个人都是诗人，所谓诗就是将一段本来连续的话，像打隔似的将它说出来。”

她说：“你的理解真奇怪。”

我想，后来，之所以我们有什么动作，是因为她看到我“打隔”了吧，她是第一个喜欢看我“打隔”的人！

第十五章 小红

那天从公园回来后，我们喝了一些酒，刚开始是我和我的同学喝，后来，就变成四个人一起喝了。酒是五块钱一瓶的红星二锅头。这是我在去厕所路上旁边的一个小店买的，店主人是一对来自河南的老年夫妇。买酒的时候，他问我："你不是北京人吧？"

我说："是。"

他说："这一带住的很多都是外地人。"看来，他是明知故问。他问我买酒干什么？我说："当然是喝啊，你以为洗手啊？"他说他也喜欢喝酒，但是现在胃不好了，所以只抽烟了。

他旁边的老婆说："你总会肝也不好的，你就没有哪个地方会好。"说完，她就拿着煮好的面条端到老头的面前。

老头问我："你还没吃饭吧？"

我说："对。"

他还想啰啰唆唆地说点什么，我马上从他的店里跑了出来。

我们喝得很高兴的时候，小红就说起了她们那个地方喝酒的事，她说，我们那冬天很冷，很多时候甚至到了零下三四十摄氏度。我没有在内蒙古度过冬天，对她的话总还是保持了那么一点点疑问，但我想，这也是可能的，因为北京就在那年最低的温度就达到过零下十五摄氏度。她说："晚上一般是不出去的，出去的时候，有些人总是要喝点酒暖暖身子，但不能喝醉了，我们那里有些酒鬼，可以不吃饭，但不能不喝酒，他们一般是过不了冬天的，他们晚上一出去，醉倒在某个地方，基本上就回不来了，所以，我们那里路上经常可以看到冻死的人。"她的一句经常震慑住我了，她也说得很轻描淡写，可是，我知道，她也只能用这样的语气述说，因为，她根本就不认识那些冻死的人，调动不出任何别的感情。

我的同学说："好好地喝酒，别说喝酒死人，要不，这酒还能喝下去吗？"酒我们是继续喝了下去，因为我们都视死如归。我的同学是坐在床上喝酒的，喝着喝着，就看到他向后倒了下去，他说："你们先喝，我先睡一会，等会再陪你们喝。"我说："你可一定要在明天早上醒来。"他一激灵坐了起来，叫道："你以为我在内蒙古的晚上啊。"他接着喝了一杯，实在支持不下去，这次，他招呼都没打，就睡着了，不一会就发出很大的呼噜声。

就剩下我们三个人在吃着，空气也就变得微妙了，小红提议说："我们说点什么吧。"

小白说："是啊，要不干坐着就冷场了。"其实，场已经是冷了，饭菜都凉了（其实，我并不感觉到凉，这是小白说的，而且，现在天气还比较热）。

小白接着说："我先将菜热一下吧，你们先聊。"

她的想法看来是要我和小红先将场热起来，然后她再来承接。这让我想起小时候我爷爷总是先进去将被子睡暖，我才钻进去睡觉。这样想过以后，我对自己说，我怎么能联系到这件事呢？那不是说自己是她的孙子了吗？还好，这只是自己心里在不断地肯定和否定，她并不知道。

小白到厨房去热菜了，小红提着椅子向我这边靠了靠。她问我："你怎么叫刘芒呢？很容易让人误会成那两个字。"

我说："你最好还是误会吧，因为，那两个字很适合我。"

她说："你真的流氓。"说完，眼睛朝躺在床上的我的同学看了看，又向门外看了看。

我说："这个东西光说还体现不出来，得有行动，是吗？"我觉得，自己喝得也还不错。小红的酒量还不错，喝了好几杯，她的杯子比较小。

小白整个晚上比较沉默，没有小红说的话多，小红喝了一会就开始说起她的过去，她过去的感情经历。她说，她在初中的时候就开始暗恋一个人，她说这话的时候，脸上浮现着仿佛已经回到过去的幸福，露出些许红润。她说，遗憾的是，一直到初中毕业，他也不知道自己在喜欢他。然后她又告诉我们，她在高中的时候就失身了，她说，那是她主动给别人的，那个享用她处子之身的是她的同学。她的叙述还是很平淡。

她说："小白，你虽然是我的同学，但你一直不知道这回事吧？"

小白说："我的确不知道。"

小红没有说出那个人叫什么名字，她只是说，那天放学的时候，我和他一直拖到别人都走完了，然后，我们一起还在外面看了一场录像，那是一场很低俗的录像，大概应该是叫三级片吧，其实，在录像厅的时候他就已经很冲动了，他开始舔我的耳朵，开始在我的裤子里面摸。

她说这些的时候仿佛是自言自语。我想，这些是她的秘密，但是，每个人其实都有想将秘密公布的心情，只要他们找到了合适的公布对象和公布时机。但我不认为这是一个好的公布时机，而且，对象也不是那么合适。

“录像看到一半的时候，我们回到了学校，在教室里，我们将四个课桌拼在一块，他就伏在了我的身上。他其实那时候也还是处男，我们彼此都是手忙脚乱的，而且心情还很紧张，但我还是完成了从女孩到女人的过程。”在她看来，一次性经验就是女孩和女人的分水岭。但在我看来，这根本就不存在，因为我总是喜欢笼统地称她们为女人，不论她体内的那块膜还是否存在。

她说的时候很自然大方，但说完后开始慌张：“你们不会将我的事情说出去吧？”

我说：“我们要说给谁听呢？”这其实是一个很普通的故事。

小白说：“我们说给别人，别人也不认识你啊。”但是，我看着满桌的狼籍，鼻子里开始飘起女人下体的腥涩气味。

小红说：“小白是个老实人，她不同我。”然后她又转头对小白说：“你现在不会还是处女吧？”

小白支吾了一下没说话，眼睛瞪了小红一下，算是在指责她。

后来，我又听见她们在床上尖叫的声音，她们肯定又在打闹。我的同学睡在床上骂起了娘。那个晚上，我的脑子开始混乱，因为，我不光身体，连思想都进人了一个陌生的环境，我的思维仿佛也在不停地做着一种狂乱的迁徙运动。

第二天我给张婷和夏荷音各打了一个电话，我告诉她们我已经安全地到了北京，我打的是她们的手机，这时候，张婷才知道我真的离她很远了。她在电话那头重复地问我："你干嘛要去那么远呢？你是不是特别讨厌我？"夏荷音却是不断的沉默，偶尔说上一句短促而迅捷的话。这让我说得极其不连贯，甚至是极其的艰难。

我对她们都说了这样一句话："你是我最好的朋友，我会永远记得你的。"我说这话的时候，自己感觉很真诚。电话的最后，都变成了我听她们的哭泣。我知道，她们的哭泣逐渐变成了痛恨而不是想念，我也知道，自己只是在完成一种心愿，我做完这件事了，让自己不再有一种负担。

我说过，我在大学毕业前两个月来过北京，那时候，我认识了一些人，都是一些状态和我差不多的人，都是混。他们说，我们在寻找自己心灵的净土，虽然我们满脸污秽，但这只是我们最表面的现象。

我给一个朋友打了一个电话，他还住在老地方，他是个画家，真正的画家，至少在我看来是这样。他画的东西别人都不喜欢，因为，别人说看他的画让自己难受，因为，他的画面充满了血腥和暴力。他自己则说，我是从暴力迈向和平，在祈祷和平。他将画面的血腥都抽象地处理了，本来，抽象的画面你能看到各种不同的东西，但别人还是一眼就看到了那些裸露的血腥。他对我说："刘芒，这本来是我画面成功的表现，但是，现在却成了我失败的原因。"

我打电话的时候，是我刚起来的时候，他好像还在睡觉，他的房东在外面大声地喊叫他的名字。过了好一阵子，我才在话筒里听到一个懒洋洋的声音，“谁他妈这么一大早打电话找我？”

我看了一下墙上挂着的圆形钟，是上午十一点。我也知道我今天是起早了。我说：“是我，刘芒。”

他说：“你才流氓呢。”马上还没等我再说，他就反应过来了，“你小子啊，你的确是流氓，你在哪里？”

我说：“我现在在北京。”

他说：“你骗人吧？”

我说：“骗你是你孙子。”他不想过早的老去，所以，他相信我了，因为，一旦我说出了这样的，这也表明我的确是值得信任的。

他本来是美院的一个学生，读了二年级的时候，他就不再去上学了，后来，学校干脆就把他开除了。为此，他在家的父母大为光火，因为，他让父母的骄傲在一瞬间就变成了耻辱。这种情况我是很能够理解的，因为，我的父母就经常听到别人对他们说，你的儿子怎么好好的班不上，要像个二流子一样在外面混？其实，他们本来是想说鬼混的，但是，鉴于我还活得好好了，他们就硬生生地就将那个“鬼”字咽了回去。

我打电话回去一次，我妈就要哽咽一次，这是开始那一阵子的事情，后来，她开始习惯了一点，情绪明显没有那么激动了。她只是对我说：“你自己好好把握吧，不要我们操心就行。”她还说：“本来指望着你能在家里结婚，然后给我个孙子。”我说：“我不能在家里做这种制造业的工作。”

我这个朋友，他母亲的意思也是如此，后来有一次他回去后，他妈硬是给他介绍了一个女孩子，一见面他就将那女孩子气哭了。他的母亲至今大概还不知道原因，但是，他将原因告诉我了。

那个女孩子一句话冒犯他了，甚至是在亵读他，他是这么说的。那个女孩子说：“你现在在北京做什么呢？”

他说：“我在画画。”

女孩子关切地问：“你挣到钱了吗？”

他傲然地回答：“钱财如粪土。”

女孩子又说：“我还愿意做个挑粪的呢。”本来她想自己回答得很巧妙，但是，我的朋友突然火大，说道：“如果是这样，我给你一根扁担。”女孩子说：“你怎么能这么说呢？”他说：“我不看你是个女人，我还会说你更受不了的话，我是在找我的理想。”

他说的理想本来是说他的画，但是女孩子以为自己不是他理想中的人，马上说：“我也要找我的理想。”他说：“去你那庸俗的理想，你整个一弱智，别跟我说什么理想。”女孩子哭着喊着跑了，他还一脸无所谓地看着她的背影吹口哨。我说：“你说得太重了。”他说：“其实，我不是对她特别深恶痛绝什么的，只是她不小心充当了我出气的目标，现在想想，我连她的名字还不知道呢。”

过去在北京的时候，我是说去画画的，这次到北京，我主要变成了写小说的。但那次，我主要也是在写小说，画画只是在业余的时候进行。不过，我无法界定什么时候是业余时间。因为，我多的就是无聊的时间。意大利画家莫迪利安尼刚到法国巴黎的时候，他是作为雕塑家去的，但是，他那时候其实一个雕塑都没有做过。我比他好，我是作为画画的去的，这点，我没有撒谎，因为我大学学的就是这个。虽然，后来我不画了。

我的朋友说：“我也会在有一天像莫迪利安尼一样因为天才

枯竭而自寻死路。”这个我很相信。但是，他又说：“也许，我会在庸俗中平静地死去。”这个我也相信。他问我为什么都相信，我说：“存在就是合理的。”他突然激动地说：“存在着太多的不合理。”说完，像虚脱似的将身子缩了下去，裸露的肚皮露出三条折叠的印痕，印痕上面，他的肋骨清晰可见。

我的一个同学和他关系很好，那次我到北京的时候，就打了一个电话给他，他也是半天才接的电话。后来，他说：“我这个地方很难找，你在哪里，我来接你吧。”

他留着长发，而我理了个和尚似的光头。他住的地方很破，有两张床，这两张床占去了屋子大半的空间。他说，本来房东说以后搬走一张，但他懒得去理，房东也忘记了，就一直放在屋子里，他下午起床后就在床上画画，他的床上堆满了颜料。他的衣服上也是。他对我说：“我得去附近的朋友那里借一张席子过来，你晚上就睡另一张床吧。”

他和我一样有点神经质，他喜欢睡一阵然后忽然一跃而起，画上一阵，然后又接着睡，直到早晨七八点的时候才往后面重重地一倒，呼呼大睡。我则是一直坚持到六点多才睡，中间也不停顿。

他带我见了很多他的朋友，后来也就成了我的朋友。

我认识最早的是一个搞摇滚的朋友，他听说我在画画的同时也写小说，他的兴致很好，我那画画的朋友说：“他是刘芒，刘邦的刘，锋芒毕露的芒。”这是我在向他介绍我自己时候说的，我一直就是这么介绍自己，他竟然也这么向别人介绍起我来了。他接着说：“这次算是找对人了，你是假流氓，他可是真的流氓。”其实，他错了，我也是，名字似是而非，人却似非而是。

我们的第一次谈话就是以说黄段子的方式开始的，很快，我们就变得熟络了，进而开始勾肩搭背。他对我说："兄弟，我看见你就觉得喜欢。我经常在中戏，就是中央戏剧学院门口卖唱，什么时候叫你一起去看美女，饱饱眼福。"

他这么说完的时候，我还一直憧憬着，但是，我最终还是没有和他一起去过，应该说，我至今还没有去过中戏的门口。

那天晚上，我们一起去喝了一次酒，我说："咱们是喝啤酒还是喝白酒？"他说："喝二锅头吧，喝啤酒纯属浪费。"

他就好酒，酒掏虚了他的身子，他的手还微微颤抖。画画的朋友悄悄地对我说，你叫他少喝点。我没说什么，因为，我觉得自己不方便说。

那天回去的时候，天下起了细雨，在缥缈的雨雾中，他的身形有点迷离，他的眼睛也是这样。他对我说，兄弟，我回去了，改天再来看你。他的手搭在我的肩上，他的手臂也在轻轻地颤动。

很多事情就像慌乱的梦境，因为它总是迷惑着你。直到我这个画画的朋友来看我的时候，我才知道梦境没有欺骗我，他呈现出了一些真实的东西。

但是，这次他是来也匆匆，去也匆匆，和我说完几句话，然后就告辞说，我要回去画画了。你什么时候来看我吧。

几年过去了，他还是穿着一件长袍子，他好像就只有那一件衣服似的，那时候见到他的时候，他在家的时候总是将那件长袍挂在门后的钉子上，那是他唯一好好放置的衣服。

再过了两天，我就和小白开始了故事，在回来的车上，她紧紧地搂着我的手臂，随着车的颠簸和人流的推挤，她的乳房也有节奏的对我地手臂施加着压力。我在她的耳朵边上说了一句：

"你发育得很好啊。"她笑了一下，拧了一下我的胳膊。后来我觑到两个空位就拖着她坐了过去。我的手从后面搂在她的腰间，但手在她腰的两侧上下移动。她就又在我的大腿上掐了一把。

我们回去到巷口的时候，装模作样的想保持一点距离，但是，我用钥匙没有打开外面的门。我马上意识到里面在进行着什么，这也许是一个流氓的直觉吧。

我的同学假装镇静地打开了门，在此之前，我已经听到一阵快速的脚步声了。所以，他的镇静也是如此苍白。他说："你们回来啦。"我说："是的，小红在家吧？"他红了一下脸，其实，我们彼此都是心照不宣，谁都知道对方已经发生了一些什么样的事情，因为，我和小白的形态亲昵。一起吃晚饭的时候，我们就基本上是分踞桌子的两端了。

晚上睡觉的时候，我的同学对我说："本来，我就快要和小红做爱了，你们就回来了。"

我说："这不能怪我们，这只能说你没有抓紧时间。"

他懊丧地说："我前面花的时间太长了，所以，真正让我展开实质性工作的时间就没有了。"

我安慰他说："没事，来日方长。"

他说："不是所有的时候都会像现在进展得这么顺利啊。"他说这话的时候，心情显得很沉痛，我也不知道该怎么再去安慰他了。但我想，他以前肯定也尝试过，我还是说了一句，革命是需要一个坚定而长期的过程的。

虽然后来小红和我的同学显得很亲昵，但是，我的同学一直没有机会下手。我说："这些东西不是能强求的，你不要太将心思放在这方面了。"我的同学恼怒地说："你当然好了，小白和你勾搭上了。"我没有再说，免得落下站着说话不腰疼的话柄。

我的同学身体其实是不怎么样的，我很担心他如果真的做爱的话，可能得马上风而夭折。现在他年纪大了，我想，夭折这种说法只能说我说得并不严谨。但是，身体好也可能死在做爱这个激烈的运动上，据说李小龙可能就死于马上风。我情愿不相信这种说法，因为李小龙是我的偶像，同时也是我同学的偶像，也是很多像我这样的爱国青年的偶像。你说李小龙用他那根活儿打折一根钢管，我们相信，但如果说他在做爱这件事情上这么经不起折腾，实在是太不可思议了。在这件事情上，我情愿他像他的儿子一样死于枪杀，哪怕是蓄意或者是枪走火。你说要他用他的那根打断铁棒我们觉得可能，要用那东西挡子弹，那肯定就是不可能的，所以，这种说法就很符合我们的感情承受限度了。

小的时候，我就看武侠，还像很多的小孩做着同样英雄的梦想，从这点看来，我在最初的某些时候还是和很多人是一样的，并没有什么特别突出的地方，或者特别落后之处，那时候，这种思绪曾经在很长的一段时间困扰着我，因为，我一直觉得我应该是一个不同凡响的小孩。这个和大众相同的发现让我很沮丧。而且，在很多的时候，我在某方面的认识还要远远落后于别人，这更让我不能接受。

当我知道李小龙这个名字的时候，别人早已经将他作为偶像了，这在很多的时候，让我觉得自己在拾人牙慧。但我并不认为李小龙是牙慧，所以，这又是一个矛盾，后来，矛盾越积越多的时候，我开始坦然，就像在后流氓时代，我成了流氓一样。

那时的环境的没有让我成为英雄，本来，那个时候，也不容易产出流氓，但是，我好事的爷爷给我取了这样一个名字，我不知道他是因为有前瞻还是碰巧取的，但还是让我不由自主地走上了这样一条路。

很多时候，我都怀念小的时候，那些在山上奔跑的岁月，那些在河边嬉戏的日子。哪怕只是傻傻地看着夜晚的星空，记忆就像埋在沙地里的珍珠，你要不断地自己去翻捡，你才会发现，很多的美好也就融人这个行动之中了。当然最好是能够翻捡出珍珠，而不是只是做了这样一个动作。

去年的这个时候，我去见了我的姑姑，在她家住了两天，她住的地方是一个环境很幽雅的地方，没有经过开发，真的很不错。我不喜欢那些经过人工加工过了风景，污浊的人气总是会破坏天然的气氛。

我的姑姑说："时间过得真快啊，那时候你才一点点大呢。"我知道，像她们，这个年纪的人，回忆的感慨会占去她们太多的时间，人的年龄越大，就越难发现自己身边感兴趣的事情，而且，可供他们回忆地时间也太短。

那个地方最著名的就是温泉，本来，那温泉已经流了上千年了，我记得很小的时候去那里，那里的渠道里就流着那热气腾腾的水。可是直到十几年前，人们才发现，这是可以利用的资源，一利用才又发现，这个资源实在是太宝贵，而他们已经浪费了太多太久。这就像汉元帝见到王昭君的时候，他一定在感叹，这么好的资源一直在身边而没有发现，最后也只能白白浪费了。我想，王昭君这个资源并不能算作浪费，因为，她为和亲做出了很大的贡献。不过我又想，其实随便派谁和亲，起到的作用也许是一样的。而且，对于王昭君来说，和亲是她的好出路，但是，中国古代的女人真是不识好歹，嫁了个外国人，应该高兴，但她却悲悲戚戚地唱着“怨词”。要是换了现在的女人，估计是要高唱《欢乐颂》了，由此看来，几千年的变化不是白变的，但现在和亲的目的就与以前是大不一样了，当然，也没有和亲这种说法了，和亲本身就是一种无奈的举动，如果有别的办法，即使王昭君大喊，“我要嫁给外国人”，估计也没有人理睬她，你还是老老实实地待在宫里变成那种“白头宫女在，闲坐说玄宗”的深宫怨妇吧！

第十六章　哥哥

我和我的哥哥有过一次合影，这是很稀罕的一件事情，而且，我忘了那次合影是发生在什么时候，我没有保留那张合影的照片，但是，他保留着，在死的时候，他拿了出来。应该说，在他知道自己就要离开的时候，他就已经将这张照片预先放在自己的衣兜里了。

我在回去的时候，我还是看到了这张照片，那时候我们都还小，在照片中，他还是那么严肃地站着，我则不知道为什么歪着身子站在他旁边，我大概总是这副姿势吧，什么时候改正过来的我却忘记了。小的时候我不会正确地使用筷子，这让我那时尚且健在的爷爷很不高兴，他总想及时快速地教会我怎样使用，但遗憾的是，按照正确的方法我却没办法将菜夹起来。我的爸爸说：“我小的时候也是这样的，但后来大了不知道在什么时候就会正确的使用了。”我没想到我的爸爸会拿他的丑事来为我辩护，但事实上，我没有让他失望，因为，我终于还是像他那样，不知道在什么时候就自然而然地会正确使用筷子了。但是，我却一直让我爷爷失望着，直到他去世，我都没有纠正过来。

我的哥哥不同于我，他去过的地方远没有我这么多。我想，他一直将这事引为一种遗憾。他留下了几本日记。这是我没有想到的，因为我根本就没有看到他写过日记。我在家的时候看了一点点，写的都是一些他自己的感觉。还有很多没有看完，我就带着它们到了北京，我觉得，我一直都没有了解他，就像他一直都没有了解我一样。在他走后，我要尝试着去了解一个人，一个和我曾经一起生活了多年的兄弟。

在北京的时候，我一直都没有向小白说起过我还有一个哥哥，而且是亲哥哥。我从北京回去的时候，她根本就来不及问。回到北京的时候，小白问我："你哥真的走了？"我说："是的，真的走了。"即使我再怎么不愿意相信，这是真的。她说："很多事情留给人的就是无奈，没办法改变的。"

其实，我觉得，很多无奈是可以改变的，但是，我们都没有学会去将它们改变罢了。我的哥哥在他的日记中写道，"我和我的弟弟总是无法正常地沟通，这让我很难受。但是，我又不知道怎么去改变这种尴尬的处境。别人的兄弟总是那么的融洽，而我们呢？"他将问号打得很大，我想他的不解肯定要大大的大于这个问号的。我们本来可以将这个问号随便就拉直的，但是，我们没有，我们从来就没有好好的交流过。

他还写到，"我的弟弟是一个极其骄傲的人，在别人看来是这样，在我看来，他也是如此。而我，同时既有着骄傲，同时又有着深深的自卑。而我的沉默让我不知道如何和他去述说自己心中的感觉。"

他还写到了对他接触过的，或者仅仅是认识的女人的感觉，他还回忆了第一次和我们院子里那个女人的经历，在后来，他对自己的行为在最后做了谴责。这让我知道为什么在他结婚后，他变得那么规矩了，这样的改变在我看来只是一种苍凉的选择。这种谴责压迫了他的心灵，他失去了他自由的灵魂，他将自己封闭起来了，在我看来，他或许是没有找到适合自己的女人。

他在他的日记中还提到了他妻子，他说："我就像一个在很早以前打家劫舍的土匪，现在洗手不干了，娶了一个良家妇女，但是，在我骨子里却还是有残留着土匪的思想，让我不能正常地去对待这份身份的错位。"我读到这些的时候，心中非常的不安。我哥没有将自己的思想朝向轻松的方向发展，后来，他的话语越来越沉重，终于导致他的彻底崩溃。

后来，我想到一个问题，就是，我虽然和我的哥哥有很大的不同，但是，他的今天是不是就是我的明天？这样的想法是令人丧气的，于是，我也只是一闪念而已。

北京还是比起南方来，天凉要快得很多，白天也许还是炎热，但晚上就开始要盖被子了。一天晚上，小红没有回来，说是要在一个老乡那里去睡。而我的同学也在那天没有回来。那天晚上，我睡在了小白那里。

吃完晚饭的时候，小白对我说："你晚上和我聊聊天吧，我和小红在一起待久了害怕一个人在屋子里。"其实，我知道，她还不如直接对我说："刘芒，今天晚上他们都不在，我想和你睡觉。"

我在她的房里的时候，她主动抱着我。她的嘴唇很温暖，很柔软。我像小时候含舔着一根一毛钱的雪糕一样，舔着她的嘴唇。小白问我："你有多久没有碰女人了？"她问这个问题的时候，目光炯炯。我感觉就像一下子到了刑讯室，要面对逼供者严厉的富有杀气的眼神。

我说："不久，来北京之前还有过。"

她说："那我不吃亏了？"

我突然觉得好笑。我说："如果你觉得吃亏的话，我可以不碰你的。或者说，我让你碰我，我却不碰你。"

她说："算了，吃亏就吃亏吧！"这口气显示出她感觉还是亏了。

我从窗口看出去就是院子被隔离的那堵墙，墙的高度正好阻止了我可以看到天上的明月。她问我，你老往外面看什么？你害怕？应该不至于啊，你又不是第一次了。她这话存在着很大的逻辑错误。我虽然不是第一次，但不证明我就什么也不怕，要我像我的一个朋友一样可以将他的女朋友的裙子撩起来，靠着一根电线杆就在稍微僻静的地方做爱，我就不行。这时候不行，以后也不行。

小白大声地呻吟，着实吓了我一跳，我没想到她瘦弱的身体里竟然隐藏着这么大的能量。过了一阵，我停下动作，我问她："你的感觉不像是真正兴奋。"她说："你错了，我是真的在幸福，但同时，我幸福我可以发泄。"这话让我不高兴，因为我好像就成了她的发泄对象。

我问她："你为什么要发泄呢？"

她说："你知道吗？你在我公司看到的那张合影。"

我说："那怎么了？"

"他是我第一个喜欢的男人。"我点了点头，示意她继续说下去，因为她已经说完的这些我全部知道。她接着说道："其实，他并没有和别人去了深圳，而是，他去世了。"这使得我大为惊讶，惊讶的是事实竟然与她此前说的相距这么远。

我问她："那你怎么说他负心了呢？"

她沉默着，一会她说："我情愿他活着，情愿他是和别人走了。"我不理解，但是，我相信，她有她独特的理由，因为，每个人其实都是奇特的，无法仿制的。

我还是奇怪，因为真相开始变得扑朔迷离，如果我相信她以前说的，那么现在她在说谎，如果她现在说的是真的，那么她骗了我，直到现在。又或者这两种说法都是偏离真相的，但这其实和我并没有多大的联系，别人的真相我也没有想去知道的意思。

我没有表现出更多的关注，她问我："你奇怪吗？"我说："我已经不奇怪了，如果我奇怪，你会有解释奇怪的理由，既然你有你自己的理由，那就已经足够了。"

小白在夜晚的时候和白天有很大的不同。她说："我其实更适合夜晚，我是夜晚的精灵。"

我说："你是床上欲望的精灵。"

她笑了，媚眼如丝地看着我。在我的感觉中，小白其实不是像她所能表现出的那样简单，至少，她在床上的时候已经露出了很多的端倪。

她说："自从他死后，我就明白了一个道理，人生很短，也变化莫测，我们应该快乐。"

她说完，有点得意地笑了。我也笑着看着她，我觉得，她所谓的道理根本就是放屁。因为，每个人都会为自已的行为找足理由。

在这些过程中，小白说了一句话："做人怎么这么难啊。"她说这话的时候，显得很是苍凉。说这话的时候，我在她的眼中看到了点晶莹的东西。但是，她马上又扑倒在我的身上。

过后几天，小白对我说："我们报社现在要招编辑了，你去吗？"

我说："我没做过编辑。"

她说："很容易的，你完全可以做。"

我说："我不习惯去编造一些无聊的新闻。"她迟疑了一阵，还是对我说："你将你的文字给我一点，我带过去给我们的主编看看好吗？"我说："我没有零散的东西，我的都写在本子上，你拿一本去吧。"

后来，我忘了要回这本我的文字，当我想起来的时候，我已经离开了北京，据说，小白也离开了北京。我们的目的是一样，我回去结婚了，她也回去结婚，但没过多就，就又听说她又离婚了，从结婚到离婚，她只维持了一个月。当然，她结婚的对象不是我，而这些又都已经是后话了。

小白的好意没有实现，她的主编看了我的文字后，据说是这样评价的，他肯定不适合做我们这行，他的文字很自恋，我们要的人是他恋的，也就是，只要关注别人就行了。本来也就是这么短的一句话，小白为了照顾我的情绪，她还特意分成了两次告诉我。其实，我一开始就没有记住这件事。

我的同学在一个晚上对我说："小红很不错！"他说这话时的表情，就像一个偷吃了藏得很隐秘的糖果的孩子，吃过后还要咂嘴回味。

我对他说："为什么要对我说呢？"

他说："我想告诉你。"

我的同学是一个藏不住秘密的人，他说："所有的秘密其实都不是秘密。只是有的人将它紧紧地捂住，使它在别人的眼里成了秘密，最后在自己的心里也形成了这样一种感觉。”他还说：“我喜欢将自己所谓的秘密告诉别人，然后对他们说，你要给我保守秘密，其实，我根本就没有对他们能守住这个秘密抱有希望，我只是将这个难题抛给了他们。如果要保守，该怎么样去保守，如果不保守，该将这个秘密告诉谁，我想，这都是他们要考虑的。他很为自己在折磨别人的思想而高兴，但我不知道究竟有谁受过这种折磨。”

我说：“你现在想用这个秘密来摧残我？”

他说：“没有，我现在只是想对你诉说。”

在他下班的时候，小红打了一个电话给他：“你快下班了吗？我下班后来找你。”我的同事告诉我，当他看着窗外那棵孤树树梢的一片叶子飘落时，他感到要发生什么，而发生的应该是使他回归原始状态的行为。后来，事实也证明了他的猜测。我不相信他会因为看着树叶的飘落而感觉到这些，这太玄乎了，他不是一个可以承受太玄乎事情的人，在我看来，他的感悟全是事后的美好加工。就像他说的做爱情节一样，说不定他在过程中突然委顿不举也是有可能的，但是，他说他雄赳赳地长驱直入；也许他半途中一泻千里，但是，他说自己持久耐用。他在说的过程中加了很多感觉的，甚至是美丽修饰的词语。但是我想，这并不能增加什么气势，做爱嘛，不就是那么回事吗？

在小红走后的两天，我的同学显得很落寞，他对我说，其实，那天晚上发生的事情，并没有他说的那么美好。他的确遇到了我前面所说的问题，他说，那天晚上，他们等待的美好没有发生。草草地开始，草草地结束，前半夜的时候，他们还说了一会话，但是，后半夜，他们背靠背地睡觉，早晨醒来的时候，他们都觉得，应该再来一次，即使不算是挽回什么精神的东西，但至少能挽回一点支付房钱的损失。

后来，他们还有过肉体上的交流，但是，我知道，他们还是没有交流得很顺畅。我的同学说："我已经很努力了，但是，她让我太冲动了，所以总是不能很好地控制。"我说："你应该像和我睡在一起一样控制自己。"我说完，他就拿起一个啤酒瓶，灌了满满的一瓶尿在里面。尿完的时候，他长吁了一口气，然后全身像散了架似的将自己堆放在那张单人沙发里面。

小的时候，喜欢看历史演义的小说，在里面，经常会出现这样一个词语"无巧不成书"。那时候，我只看书，不写书，也就不知道为什么要用这个词语，难道有巧就会成书吗？后来，我写小说的时候，总是刻意地避免出现巧合。但是，在小说之外，我还是亲身碰到了巧合，于是，我也应该用上这个词语—— 无巧不成书。

在一个百无聊赖的下午，我和小白一起去"新东安"闲逛，具体说，是我闲她逛。我和她其实都没有什么目的，她本来想买裤子，但是，我不习惯和女人进裤子店，看着她们躲起来去脱掉裤子，然后再换上一条，冲到你的面前问你，我的裤子好看吗？这时候，我总是想回答，你不穿其实更好看。她看我毫无兴趣，在一个店面前，她说："我进去了，你就坐在那里等我吧。"我看着她走进去，自己倒退着坐在凳子上。我舒服地向后面伸了一下腰，背就撞上了一个人，我回头看了看，那人也看向了我，而那时候，我就想到了上面的这个成语。

是顺子。但我不是太肯定，她却试探性地低声叫出了我的名字：“刘芒？”这下我可以肯定地叫出她的名字了。

我说：“顺子，怎么在这里碰到你？”

她说：“那应该在哪里碰到我呢？”我说：“哪里都可以”她说：“那不就是了？”

她的脸的线条变得柔和多了，一双眼睛很有神采。我突然觉得，她离开我真是一种非常好的选择，她对自已做了一件非常好的事情。

她问我：“你一个人？”然后她向周围看了看，想找出我的同党，我说：“不用看了，我不是一个人。”她说：“我就知道，你身边不缺女人。”我笑而不答，她又说：“你怎么到北京来了？”我说：“我是中国人，来看看国家的首都不应该吗？”她说：“应该，你适合来这里。”我说：“其实谁都适合，你也是。”

我还是忍不住问她：“你是和谁来的？”她却告诉我：“我是一个人来的。”我不相信，在我看来，漂亮的女人，除非是做了金丝鸟，否则是不会一个人逛商店的。她看出我怀疑的神情，对我说：“我是真的一个人来的，而且，我在北京一直是一个人。”我说：“是吗？你干嘛要告诉我这些呢？”其实，在我的心中，我实在是想听到她最后这句话的。我很自私地接受了她的解释。我在那一瞬间又想到了从前，我对她会心地一笑，我笑得很欢畅，这是我对她笑得最舒心的一次。

小白依旧什么也没买，她只是在里面浏览了一圈，如果，你问一个女人，你为什么进去什么也不买呢？她会告诉你，我这是为以后买做准备。也许，她在这家店里准备一辈子，也不会在里面买上一件东西，但是，一旦你这么问她，她还是这么回答。

她问我：“这是你熟人？”她这么问我的时候，顺子也问我：

“这是你女朋友？”我不知道怎么回答，对两个关系暧昧的女人来说，回答的先后顺序是很需要斟酌的。我含混地说：“嗯，啊。”然后我对顺子介绍道：“这是小白。”然后向小白介绍道：“这是顺子。”顺子将嘴凑过来小声问我：“你女朋友？”我说：“和对你以前一样的关系，甚至还没有那个样子。”我将声音压得很低，我的嘴也就快亲上顺子的耳朵了。我用眼睛的余光看到小白的嘴角哆嗦了一下。小白说：“我看完了，走吗？”我想，如果顺子不出现，她还会要在附近看很久的。看来，她还是感觉到了另一个女人给她带来的威胁，她也应该感觉到我和顺子不同寻常的感情。

临走的时候，顺子问我要了联系的电话。她低声对我说：“我会打电话给你的，你在不经意间打破了我的生活，以后该我来打破你的生活了。”我在走的时候回头看见她，她的笑容已经消失，她的脸上有着难以言喻的悲伤。她还是没有变化，而我，我好像改变了很多，我自己这么觉得，因为，我突然感觉到了一种难受，我是越来越不能承受悲伤了，这是我生命中不能承受之轻的东西。后来，我又混淆了这到底是轻还是重，但不管怎么样，我难以承受这是既在的事实。

回去的车上，小白问我：“你们以前的感情不同一般吧？”她问我的时候，我正攥着她的手，她问的时候，我好像被针刺了一下，手抖了出来。我说：“是的，以前，我们好过。”她问我：“是怎么好的？”我说：“我们有过身体的接触。”我突然不想说得那么直接。但是，小白很直接地问了出来：“你们以前做过爱，是吗？”我像被激怒了似的回答：“是的，以前，我们每天做爱。”

其实，我的身体没那么好，而且，即使我的身体有那么好，在我看来，这种事情是要靠配合的。而且，女人总有那么几天是无法做爱的。即使，她们带伤上阵，我也不会让她们出马的。

在那之前几天，小红走了。那天，我们都在家，当然，小红不在，后来，小红进来了，对我们说：“我要走了。”小白问她：“你去哪里？”她说：“去别人那里。”我的同学问：“你怎么突然要走呢？”她说：“不是突然，而是我考虑很久了，现在，我找到了睡觉的地方。”小红显得很放荡地仰头说道：“我找了一个男人，我要去他那里了。”

她的东西很容易收拾，看来，她一直将她的东西收得很好，不需要花太多的时间去整理。我认为，她是一个有想法的女孩子。她一开始就只是将这里作为一个暂住的场所，但是，我想，她的好习惯在另一个男人那里也会是这样，如果，哪一天，她将自己的东西从她的箱子里完全地拿出来，或者是摊得遍地都是，那说明，她已经做好了安定的准备了。这只是我的猜测，而且，是没有任何根据的猜测。

那个男人开了车在胡同口等她，我和我的同学还有小白都帮着她提东西，我们看清了车子，但没有看清楚里面的男人，他一直没有下车，当然，也许我们有谁看清楚了，但是他们都否认自己看清了，当然，我也可能是这样的。

车子的一边压在一个积水的大坑里，我们看到车子的时候，以为车子塌陷了一半。那天晚上有很好的月色，那天晚上，也许小红的心情也很好。小白说：“你要走了，来个拥抱吧。”她们拥抱了一下，我说：“我们也来个拥抱吧。”小红说：“这的确应该。”但是，我们都只是说说而已，谁也没有做出实质性的动作。我的同学缩在我们的身后，小红看着他，说：“我要走了。”我的同学说：“那你要一路顺风。”他说的简直就是废话，但是，我想，他也只有说这样一句废话，我也想不出他应该要说什么。难道说，祝你们以后性生活愉快？

小红将东西放好后，钻进了车子，在那男人的脸上亲了一下，那男人毫无表情地接受了，很心安理得。小红又朝我们挥了挥手，然后大声对我们说：“我会来看你们的。”说是这么说了，但是，我一直没有再看到过她，也许，小白和我的同学以后还看到过吧，但那已经不关我的事情了，而且，她的最后一句话摆明了并不是要说给我的。

在我重新见到顺子两天后，她就给我打了电话，电话是上午打来的，我正在睡觉，但我一下就听出她的声音来了。幸亏是前两天重新听了她的声音，要不还真不好分辨，因为，她的声音在电话中还是有了一些重要的变化，她的声音变得更圆润，就像储满水一样滋润。她问我：“你还在睡觉吧？”看来，我的这个毛病她还记得。

我说：“看来，你还是很了解我的嘛。”

她说：“我们在一起那么久，能不记得吗？”

顺子说：“你出来吗？我下午没事。”

我问：“你在哪里啊？”

她说：“我在王府井这边，这样吧，就在我们碰面的那个地方等吧。”说完这句，她叫道：“我在那里等你，不见不散，下午三点。”说完就再也没有留下给我申辩的空间了，她将电话挂了。我知道她的脾气，她说不见不散，她就一定会在那里傻等，而且，她和我一样，非常守时。

第十七章 重遇

在路上的时候一直堵车，而我离王府井也比较远，但我到那里的时候，并没有看见顺子，难道我来晚了，她去别的地方逛去了？离开这么久，对于她的习惯我渐渐淡忘了，过了这么久，也许她的习惯改变了也不一定。既然说不见不散，我想，她是不会骗我的，她也基本上就没有骗过我，倒是我曾经骗过她，或许，在我看来，两相情愿的感情方面的事情不叫骗。

我还是像以前一样，不习惯等人，我一会儿坐下，一会儿站起来，和我靠背的一个青年女子扭过头来看着我，我仔细地盯着她，她就马上转过头去，一会儿又惊奇地看着我，我就又瞪大眼睛瞅着她。后来，她实在忍不住了："先生，你等人吗？"

我说："不是，我是来参观的。"我开口就是谎话。她说："那你怎么一会坐一会站？"

我说："因为我的屁股长了一个疮，而且，破成了一个洞了。"她很关切地问："那岂不是很疼？"

我说："也不疼，因为我的屁股一开始就有那个洞。"她越发奇怪了："那是什么洞呢？"

我说："确切地说，那不应该叫洞，应该叫眼，是屁股眼子。"

她感到自己被戏耍了，转过头再也没有回头看我一眼，不一会儿，她就起身走了，走到快要拐角的时候，她还是忍不住回头看了我一眼，但她发现我在看着她，于是又愤然转头，她的动作很大，我看到她揉了一下脖子然后就从我的视野消失了。

"你等了很久了吧？"在我还在留恋地看着那个拐角的时候，顺子的声音在我的耳根响起。我回身说："应该有一会了吧。"

她似笑非笑地说："路上堵车，所以来晚了，你不会怪我吧？"

我说："这是客观原因造成的，我怎么会怪你呢？"

她说："我来晚了你可以和别的姑娘搭讪啊。"然后说："我其实来了一会了。"她就是这样，先撒谎骗你，然后马上又告诉你，刚才我说的话全是骗你。所以，她的骗没有丝毫的意思。

我问她："你叫我过来有什么事情吗？"

她说："有很重要的事情。"

我说："那你赶紧说。"

她说："去我那里再说吧。"说完，她又露出一种高深莫测的表情。我想，完了，事情从终点又要回到起点了。我和她并肩走着，王府井大街开始变得清凉，我们感到距离开始变得让我们恐慌，在人潮汹涌的街道上，我们开始攥紧对方的手。当握住对方的手的时候，我有一种很实在的感觉。我对她说，我们很久没有这样握着对方的手了。

她说："应该说是我们以前从来就没有这样握过对方的手。"

那天，街上人很多，但我们视若无物。我们越走越近，到后来，就变成我搂着她了。当我正进入感觉的时候，她突然问了一句：

“你那个女朋友呢？”我有点不悦。就好像自己正在和心爱的女人接吻，突然有人闯了进来一样。

我说：“我告诉过你，她不是我的女朋友。”

她说：“你只是告诉我，她和你的关系就好像从前我和你的关系一样，以前，我和你难道不是男女朋友吗？”我说：“我们以前的关系扑朔迷离，既是又非，既非又是！”

她说：“你就是这么狡猾，给你一个只有两个选项的选择题，是或不是。”

我说：“那不是选择题，那是判断题。”

她说：“别钻空子，就当是判断题吧，你选什么？”

我说：“那我只有选择不是了。”

她变得不高兴，我要拉她的手，她也甩开了。

我说：“但现在，你将成为我的女朋友。”我说这话的时候，心头转过了很多种想法，然后，我知道，我是非常肯定地说的，但是，我也知道，搁在这个场合，谁也不相信，所以，我认为，她的不高兴很有道理。

我说：“不管你相不相信，我说的是真的。”

顺子和两个女孩子合住，她是住单独的一间。我进去的时候，她的两个室友也在，她们对着顺子大声地问道：“顺子，他是谁啊？”顺子恨恨地说：“我不认识他，你们自己问他吧。”我心中暗笑，你不认识我，你把我往住的地方带，这是干吗啊？两个女孩子有点愕然，我说：“她不认识我，但我认识她，我是追求她的人。”她们摇了摇头，显然是不相信，当然，不相信这就对了。

顺子问我：“你喝水吗？”

我说："随便。"

我们将这两句对话说完后，那两个女孩子相视点了点头，好像有什么东西得到证实了一样。顺子说："我没有空的杯子，你用我的吧。"那两个女孩子又问道："你们到底是什么关系啊。"我说："男女关系，就像我和你们一样。"两个女孩子笑起来，而顺子脸色变了一下，她还是这么在乎我。

顺子说："你到我的房间来一下。"我进去后，她将门关上了。然后，她抱着我，将嘴按上了我的嘴，她恼怒地说："你还是这么流氓。"我突然想起，来北京后，我好像很久没有听到这个和我名字读音一样的词语了。我说："你这么叫我，我还是觉得很温馨的。"

她突然分开，看着我说："你还是变了很多的，以前的你很冷淡。"

我们没在房里待多久就出来了，两个女孩子坐在沙发上看电视，一边往口里塞着零食。我也坐了下来，她们就往旁边挪了挪。然后将手里的零食递了过来，问我："吃吗？"

我说："不要，谢谢！"

中间隔了一个人的女孩子伸出脑袋问我："你自己介绍一下你自己啊。"

我说："我叫刘芒。"

她诧异地问道："流氓？"凡是不认识我的人，只要听到我的名字就要将那两个字联系起来，我也习惯了。我的解释照常是，我不是对你耍流氓的那个流氓，我是刘邦的刘，锋芒毕露的芒。

顺子在另一边看着我笑，她一定是很熟悉我的这个回答了。两个女孩子笑道："你怎么取这么个名字啊？怪难听的。"我说：

"有的人要流氓呢，那还怪难看的，我是让别人动嘴不动手。"

我就留在顺子那里吃晚饭，但晚饭吃完，我也就没车回去了。我对顺子说："我没车回去了。"

顺子说："我知道，没车回去就睡我这吧。"

我说："你这还有别人，影响不好。"

她笑了："我没有要你和我睡一张床，我睡床，你睡地上，其实，我是安排明天去长城玩。"

两个女孩子没有表现出过多的惊讶，因为在吃饭的时候，顺子对她们说："他是我的男朋友。"这样的话来得太突然，不过，她们还是相信了，因为，顺子从来就没有说过她没有男朋友，虽然，她也没有说过她有男朋友。

我老老实实地睡在铺好的地上，我睡了一会儿开始去看顺子，结果就看见她晶亮的眼睛正看着我。顺子说："你还是上来睡吧。"

我说："不行，我还是睡地上得了。"

顺子说："那好，你别上来。"说完，翻身向里不看我。过了一会儿，我还是爬了上去，我从后面抱着她，她没有动，仿佛早就知道我会这样做。我在她的耳边轻轻地叫着她的名字，顺子，顺子。顺子还是没有动，我将她的身子扳过来，看到她的脸上有泪水，我问她："你怎么了？"

她说："我没想到在北京见到你了。"

我说："你觉得失望了？"

她说："不是，我想，再过一年，我就回去找你。"当她的身子全部藏在我的怀里的时候，我仿佛缓缓地进人了一个轮回的世界，那里一片黑暗，但四周唯有顺子的笑脸是那么的明亮。

我紧紧地搂着她，伴着她轻微的呼吸进人了梦乡，那里有我平安的梦境。

第二天一早，我就被顺子摇醒了。昨晚，也是我很多年以来算是睡得最早的一次。顺子说："我们今天要去长城。"她说，她来了北京那么久，其实，还没有看过长城。我其实是看过一次的，那时候是和一群画画的朋友一起去的，其中有个福建的哥们突然还跳到城蝶上，对着连绵的群山豪兴大发，"啊，长城！"别人以为来了一位诗人，都看着他，想听下面的诗句。他接下去的却让人大为失望，他接着很富有感情地说道，"真××长！"

我觉得，去一个地方，很多的时候其实是跟着别人在感动，往往忽略自己最真实的感情。就像很多人喜欢去人多的名胜一样，其实，最后回来的感叹往往是，我什么也没有看到，就是看到了很多的人，而这些人，我一个也不认识，一个也没记住。

我还是陪着她们去了，车上，两个女孩子表现得很兴奋，而我，只是呆呆地看着车窗外面，顺子坐在我的身边。她问我："你怎么了？没睡醒？你睡吧，到了我叫你。"我摇了摇头，因为我没有睡意，而且，我什么也没有想，我只是保持着面向窗外这样一种姿势。

顺子抓着我的手，关切地问我："你在想什么？"本来，我什么也没有想，她这么一问，我才觉得，自己该去想点什么。

有时候我想，如果，我不是现在这个样子，我会走一条什么样的路？我想，这个问题很多人都有想过，但是，没有一个人会有确切的答案，又或者，每一个人都有自己不同的答案。我哥哥的死给我震动很大，我原来忽视了身边的亲人，同时，也可以说，我一直也在忽视着自己，因为，人总不是孤立地存在着的。

顺子没有打扰我，她也许不知道我在想什么，但是，她知道，此刻，她应该让我去胡思乱想，因为，这对她毫无损害。旁边的两个女孩子问顺子："你们怎么了？"像木偶一样的坐着，话也不说。

我突然想，人是否要弄出点声响才能证明人还是活着的，要不形容寂静的时候，会说死一般的寂静？我的哥哥那么安静地走了，他这一辈子没有发出过什么大的声响。他是那么小心地活着，但是，他太小心了，这小心要了他的命。我活得很热闹，我和他走着不同的两个极端，也许，最后，这热闹也会要了我的命。

我以前算过一个命，那不是我的朋友给我算的，那是一个完全陌生的人给我算的命，是一个瞎眼的老头，他告诉我，我在 21 岁的时候有血光之灾，所以要我那一年都要小心。我算命的那一年 15 岁，15 岁那一年，我一直记着他的话，但是，到了十六岁，我就完全忘记了，直到过了 21 岁，我才想起来。在回忆 21 岁的时候，我发现我 21 岁那年过得非常安稳，我连手指头都没有割破过。我的哥哥也算了命，在那一次。算命的对我哥说，你是长寿富贵的命，你能活到 100 岁。那时候，我哥笑了，笑得很舒心，也许，他没有什么很大的企图，只要好好地活着就行。自古艰难唯一死，他不想那份艰难。但是，那算命的纯属瞎蒙，他感觉我哥是安静地站在他的旁边，而我是一会儿拨拉他的黑眼镜，一会儿去看他的签。他就认定，我这么好动，在街上肯定难免会被碰上那么一下子。这血光之灾就在所难免。我哥那么老实谨慎，他一定会长命。其实，到了今日，我还是希望算命的能算对。

后来，我这么对顺子说了，顺子说："每个人都有自己的命。"她这么说的时候，我突然想起，算命的瞎子还给了我一个大限，他说，我在65岁之前还有一个坎，这个坎最难迈。我还没有到65，我还有好长一段日子，而且，我根本就不相信他所说的。如果，我真的能活到65岁，我已经觉得够长的了。

顺子说，听说现在科学发达了，以后人都能活到100多岁，那时候，你可算是夭折了。

我说："我是早就应该夭折的人，到那时候再夭折，我已经觉得赚了很多了。"

死亡不是一个好的词语，以前，我的心情总是灰暗，但是，我的哥哥在他的日记中写道，每天的阳光都是那么的温暖，人活着，就应该享受这份天赐的温暖。哪怕是艰难的活着，人也应该有生活的勇气。他是这么写的，但是，他有享受温暖吗？他只在他的文字里享受到了。我想，现在的他一定在走向那终极的光明，即使艰难，他也会一直走下去。

我靠在车窗上，泪水涌了出来。我马上将泪水擦拭干净了，因为，我现在流泪，显得很不适宜。有时候，情绪是一种很缥缈的东西，你不知道它什么时候来，什么时候又突然地走了，走了，也许你盼也盼不来。

窗外煦暖的阳光照在我的身上，我仰起头，睁大眼睛望着太阳，阳光并不是很刺眼。顺子说："你怎么这么奇怪？"我说："我一直是这样的。"她说："不，以前你不是这样的。"这话她已经说了两遍了，但是，我并不在意。我还是我，刘芒，又或者说，流氓也行。

当长城出现在眼前的时候，她们夸张地大叫，“真壮观啊”。我不知道她们说这话是因为看到人的壮观还是看到长城的壮观，因为，在我看来，她们暂时应该对于壮观还没有一个最直观的认识。她们的壮观早就在没来之前就已经存在了。现在，她们只不过是将心中要说的话说了出来罢了。

顺子问我：“你对来长城兴奋吗？”

我说：“每一次应该都有不同的兴奋。”我说的是真正的兴奋，而不是装出来的。

顺子问我：“谁装了？”

我说：“你们装了。”

她想了一下说：“也许真的是的，我们是在长城的盛名之下逼出了这样的话。如果，我们是第一个发现长城的人，我们的反应也许没有这么大。”

两个女孩子我一直没有记住她们的名字，又或者我根本就没问，她们也忘了告诉我。因为，从很大程度是来说，我们之间表现出来的熟悉是通过顺子的，顺子就像一个感情的中转站。所以，我们基本上只要都认识顺子，我们之间的交流就能进行下去。

阶梯渐渐地耗尽了两个女孩子的热情，她们开始说：“其实也没什么意思，就是不停地走，山也看完了，没什么新鲜的了，我们回去逛街吧。”

我说：“其实，一开始，你们就在跟着别人的感觉走，当你开始感觉都别人的感觉不适合你时，你才恢复了最真实的你。”她们嘲笑我：“你怎么像个思想家？”

我笑了，我说：“其实，你们才有思想，你们提供了一个思想，就是，长城不如逛街。”

那天，我们的行动从根本上来说是失败的，但换一个角度来说，这是成功的，因为，它彻底地了结了一些人心中的梦。不过，我想，人的梦并不多，但一个又一个的梦破灭之后，我们还剩下什么？当然，这不是我应该思考的，我不是思想家。

因为我和顺子是和她们一起去的，两个人觉得失败，自然，作为一个同去的整体，我们也就觉得的确是一种失败，我对顺子说：“我们也回去吧。”

顺子没说什么，因为，她连感慨都没发出就结束了，像上次我来的时候，我的朋友还发出了一声并不雅的感叹。虽然顺子没有感叹，但是，两个女孩子有了，那就是，登长城，还不如逛街。顺子说：“她们两个人真是煞风景。”

我说：“这是她们最真实的一面，如果她们一直到最后还像《庐山之恋》里的一样，对着群山用英语大声地呼喊，祖国，我爱你。那可真是滑天下之大稽了。”

顺子说：“但是，我是真的觉得浪费了一天。”

我说：“从这点看来，你也变了，当然，也许你没变，只是以前我并不了解你。”

我突然觉得，我才是在不断地浪费我的日子。其实，我也有过后悔的时候，但是，我总是在不断的后悔中继续浪费着我的日子。

我没有逛街的兴趣，因为，街还是那个样子。我对顺子说：“女人都喜欢逛街，你和她们一起去吧。”

顺子问我：“那你呢？”我说：“我回到我住的那个地方去了。”顺子对我说：“那我明天找你。”

我说：“明天的事明天再说吧。”

到了第二天我去了一个写诗的朋友那里，我要向他借几本书。我在他的门口大声地叫他的名字，一会儿一个大妈走出来，很随意地问我：“你是他什么人啊？”我说：“我是他的一个朋友，您知道他去哪了吗？”她说：“这我不知道，大概是去别人那里去了吧。”我想，我既然和他约好了，他就一定会来。我从来不叫他的名字，我叫他诗人。但是他不满意，他说：“我不是诗人，而且，诗人是一个笼统的称呼，这不行。”但是，我还是叫他诗人，因为，他告诉过我他的名字，但是我没记住，后来也不好意思再问，现在熟了更不好意思还问，哥们儿，我还没记住你的名字呢。

我就蹲在墙角等他，大约过了半个小时，他才回来。他的脸长而瘦削，颧骨很突出，小眼睛，头发剃得很短，但参差不齐，一看就知道是自己对着镜子剪的。

他问我：“来了很久了？”

我说：“没有，才来一会。”

他说：“我本来忘了，在别人那坐着呢，但是他对我说，他要接一个南京来的哥们儿，我才想起你要到我那里去呢。”

他本来有一份很正当的职业，他是搞科研的，本来，他在北京一家核物理研究所工作。但是，他不喜欢，就辞了工作。他写的诗和他以前的工作一样严谨。他是学理工出身的，所以对于时间的数字特别认真，他曾经给我看过他的一首诗，名字很长，好像叫《二零零三年六月五日十二点零七分四十五秒》，全诗我忘了，我只记住了几句：

你像阳光的灰影投射在我的床上停留了三秒钟我的脸色透明

而清澈我没记住这个时间眼前是闪烁的光斑……

还有很长的几句，但是都真的像他的诗所说，我什么也没记住，眼前是闪烁的光斑。

他问我："你平时看什么书？"我说："随便吧，只要是书都可以，我现在是身边没有一本书可以看。"他给了我一套福柯的书，然后很郑重地叮嘱我，你千万不要弄丢了或者损坏了。直到我赌咒发誓他才放心，晚饭我是在他那里吃的，晚饭的时候来了几个朋友，但是，我并不认识，是一男三女，好像是附近大学的研究生，全部是搞文学的。他们带了菜过来，他们问我："兄弟，你也是学文的？"我说："不是，我是北京少林武术学校的学生，我是学武的。"他们说："瞧你那身板不像啊。"我说："这没办法，不长肉。"诗人对他们说："别信他的。他"忘了我是学什么的，回头问我："你是学什么的？我忘了。"我说："我真的是学武的。"来的三人仔细地看了我一眼，便没有再理睬，开始高谈阔论起来。

一个女的对我说："你是学武的啊，这样吧，我们念诗，你就耍拳，怎么样？我觉得这样配合应该很不错。"

我笑了笑，拿一只碗递给她旁边另一个女孩子，我说："没有盘子，你就用这个代替吧。"

刚开始提议的女孩子脸色煞白，嘴唇哆嗦了好一会儿，对我说："我不是这个意思。"

我说："我也没有别的意思，我是真心想配合你，但这地方太小，我施展不开。"

兴致是全部坏了，我喝了一口水，起身走了。我想，这应该全部是我的责任，我不应该一开始隐瞒真相，要不，她也不会提这样的要求，她可能会跟我热情地说凡.高、高更和塞尚，要不就是米开朗琪罗或者德拉克洛瓦。说不定，她还会对我谈起尼采或者博尔赫斯，总之不会要我拔拳助兴。

出了门的时候，我心里在想，我这是干嘛呢？但是，我还是走了，晚上的时候，空气显得很凉爽，我哼着一首老歌，《月亮走我也走》。快到住地的胡同口的时候，远远地就看见一个白影迎了上来。一看是小白，她问我："你去哪里了？我等你老半天了。"我说："我没要你等啊，你干吗不进去？"她说："我能进去我早进去了，我钥匙放里面。"我的同学没有回来，我看着小白生气的脸，突然想起自己，我说："你自己没带钥匙，你这是生哪门子气啊。"

在诗人那里我本来就没有吃饱，小白因为等我，还没吃晚饭。

我说："小白，咱门出去吃吧。"

她说："我们不走了吧，自己做个蛋炒饭得了。"

做饭的时候，小白问我："你昨晚怎么没回来啊。"

我说："我去别人那里了。"

她说："你是去你那个熟人那里吧？"我没有搭理她，我不想和她纠缠下去。

小白说："她是你的旧情人吧？"我突然冒出一股无名火，"什么旧情人，是现情人。"

小白本来是装作漫不经心的，但我话语的声量惊扰了她，她放下手中的动作看着我。沉默了一下，她说："你干吗生气呢？我也就是问问罢了。"

一起看电视的时候，她走过来，靠在我的怀里，我没有任何的反应，我知道，小白就像她的名字一样，将会在我的生命中像一张白纸，什么也没有留下。我在她的生命中或许也会如此。最后，我不知道是自己离开了她，还是她离开了我。

第十八章 回家

后来，小白也搬走了，我没有看到她走，她给我留下了一封信，在信中，她这样说道：

刘芒，本来我想亲自跟你说再见的，但是，我还是放弃了。因为，见了你的话，我不知道该怎样对你说我的事情。我的走，也不会给你造成什么样的影响。

你还记得以前你看到我和一个男人的合影吗？我说的两种答案都是不对的。那个男人不是死了，也不是和别人走，他是残废了。那个男人是我丈夫，我们打了结婚证，但打完结婚证没多久，他就撞车了，成了残废。如果他不是残废，我可能会嫁给他的，但是，我还年轻，我不想被一个残废的男人束缚，我算是逃出来的。本来，我想你带我去你的家乡，但是，看来，我们并不合适。你说，我很自私吗？

这是我的秘密，我本来是不想对别人说的，但是，我要离开这里了，而且，以后，我们可能没有再见面的机会了，更重要的是，没有人会有兴趣知道我的秘密，即使知道，她们也不会记住我这样一个人。我告诉了你，我也不知道为什么，或许，我只是要你记住，这个世界还曾经存在过我这样一个人。

我偷看了你很多的文章，我想也用一首诗作为结束，但是，我知道，我写得乱七八糟，正像你以前说的，也许不是诗，是“屎”。

请你相信

请你相信
我像枝条曾经绽放春的蓓蕾
在枯萎中留下一抹微笑
屋檐上的寒霜和手心的冰凉
房门外的人喊马嘶
我来不及辨认
黄昏的口袋将一切收拢
缩小

请你相信
岁月终将散落一个孤单的人影
在县花谢落中飘荡苍茫的幽香
那幢幢的火点和树梢的斜阳
我的心中千头万绪
我用手指敲击着窗棂
离去的钟声在苍穹响起
萦绕

请你相信

一切只是一个个长长短短的梦

我的睫毛挂满露水

我神色安详

……

小白搬走了，本来，她并不能给我带来太多的回忆，但是，她在最后竟然顽强地占据了我记忆的一个空间。

我的同学每天上班，我不是在家待着，就是出去在一些朋友那里瞎玩，当然，很多的时候去顺子那里。晚上一个人躺在床上的时候，总听见外面的那堵墙上，一只猫快速地跑过，留下几声孤戚的叫声。我总要放下手中的书，向四周望望，但，我的张望总显得有点凄惶。

我妈打电话给我，她说："我就你这么一个儿子了，你过得好吗？"我说："我挺好的。"其实，我也不知道什么是好，什么是不好了。那天，顺子在我的身边，她对我说："你当然好了，不上班，你的同学养着你。"我并没有生气，我说："是的，还有以前的情人一起养我。"顺子说："你应该将你的经历写出来，写你那流氓的一生。"我说："我的这一生并不流氓，说流氓是一种误解。"

我妈还说："你走后，张婷经常打电话过来，还有一些我不认识的女孩子。我是第一次知道，你居然认识那么多的女人。"她说这话的时候，语气有点酸楚，因为，我哥从来就没有这样的艳福，而且，在他最应该享受的时候，他不在了。

我妈的意思其实是希望经常看到我，她用那些女孩子来勾引我回去。如果是这样的话，那她太不了解她的儿子了，因为无论在什么地方，她的儿子身边最不缺少的就是女人。

顺子说："我也觉得你应该回去看看你的父母。"我已经告诉过她，我的哥哥死了。当她听到这个消息的时候，她以为我开玩笑，她说："你可以拿自己的生死来开玩笑，但也不应该拿你哥哥来说，我知道你不喜欢他。"

我说："你错了，我现在很怀念他，对于我们以前的态度，我觉得非常愧疚。"

顺子说："你哥怎么死的？"我说："我不知道，但是，他死是一种客观存在的事实。"

顺子说："我还是不相信。"她坚定的怀疑，使我也开始觉得，我其实在诅咒，我的哥哥根本就没死。

我试探着问我妈："我哥现在怎么样？"我妈说："你没事吧，妈只有你这么一个儿子了，你可千万不能出事。"

我说："我没事，我只是精神有点恍惚。"

我妈说："你哥去了，你可不要有什么三长两短。"我这是问什么啊。我妈开始哽咽，对我说："儿子，你回来吧！别在外面混了。"

在我妈的不断蛊惑下，我也觉得，在哪里其实都是一样，我对她说："我会回来的，也许是明天，也许更远一点。"我说得很模糊，因为，我还无法肯定自己。

顺子说："你妈真好。"我说："你妈呢？"我突然想起，我根本就还没有看到过她的父母。她说："你急什么，什么时候你娶我了，你自然可以看到我的父母。"我突然有这样一种感觉，我是肯定可以看到她的父母的，而且，也许是明天，也许更远一点。

后来也没过两个月，我就回去了，我的同学问我："你真的要回去？"我说："是啊，真的要回去了。"

顺子问我："你怎么突然想起要回去了呢？"我说："我突然觉得，这不是我要待着的地方。"

顺子说："这可是全国的文化中心，写东西的都来这里了。"我说："我不是纯粹的写东西的人，我是流氓，你忘记了？"

顺子笑道："我怎么把这个忘记了？"

顺子问我："你回去以后会想我吗？"

我说："这个我说不准，也许会的，也许不会。"

顺子说："我不勉强你，你慢走吧。"

我说："我可不能慢走，我得快走，要不，我会舍不得走的。"后来，我补上了一句："顺子，我爱你，真的！"隐约中，我听见顺子在我身后大叫。

我回去后在路上碰到了夏荷音，她看着我背了一个包，问我："你从哪里拾荒回来？"

我说："真巧啊，回来就碰到你。"

她说："去我那里坐坐吧。"

我说："我还是先回去看看吧！"

我从她的身边走过，我没有回头看她，我好像没有留恋，她从此就会在我的身后了。

我妈对于我回来很诧异，她说，："你回来了？"

我说："是的，我回来了。"

我爸爸走出来问我："你回来了？"

我又说："我回来了。"

我的同学朋友打电话给我："刘芒，你回来了？"他们的语气很真挚，我还是这么回答："是的，我回来了。"

第二天，我开门的时候，就看到了顺子，她就笑着站在我的面前，身后有一个大大的行李箱。我问："你怎么也回来了？"

她说："因为你回来了啊。"

阳光从对面人家的玻璃上反射过来，由于上面蒙有太多的灰尘，照射到我的身上时，已经成了许多碎片……

后 记

人生快意，当浮一大白

为什么要写这篇后记，不是有什么样特别的事情要交代，也不是要解释或者掩饰些什么，而是觉得，书就这么结尾了，显得未完待续一样，而这篇小说也是实实在在地写完了，没有什么遗憾了，拿个后记，勉强来关一下后门。

因为没有什么特别的原因，所以可以一顿乱说，毫无顾忌、漫无目的，让心情信马由缰，说到哪里算哪里。因为小说写的是生活、是感情、是成长、是经历，那我也就说说我的这些事情吧。

我不知道，什么样的生活才是我需要的生活，才是我喜欢的生活，我只是知道，目前这种生活无法改变，可肯定与我理想的生活相去甚远。对于写东西，我也早已经忘了那种状态、那种感受、那种情绪。我总是想逼迫自己去写点东西，但是，望着白茫茫的屏幕，脑袋中也是白茫茫的一片。后来我想，写作不应该成为一种苦役，想睡的时候就睡，想写的时候就写，要不就会很难受。就这么简单，就这么朴素。

说到感情，我觉得，很多人并不理解我，可是，这有什么关系呢？你敞开衣襟，他们会说，他的裤裆里还留着令人恐惧的东西，即使你将自己剥开了，他们还是会说，他的皮下脂肪里还藏着不为人知的东西。我一直以为，我的感情生活会波澜壮阔，结果却是波澜不惊。问题到底出在哪里了呢？我想不是“法海不懂爱”，而是白娘子太厉害。反正，这不但是一地鸡毛，连鸡血都喷了一地，于是，在感叹之余，我常常会爆出几句粗口，不是骂别人，也不是骂自己，纯粹是为了舒缓一下抑郁的心情罢了。

我一直觉得，我走到现在这个样子，完全像小沈阳的小品说的：跑偏了。小时候的理想竟然一个也没有实现，我曾经还厚颜无耻地想，我会大器晚成，可是，到了现在这个年纪，也太晚了，难道还要唱着“日落西山红霞飞，战士打靶把营归”来安慰自己？这跟自慰有什么区别？所以，有时候对着镜子，我恨恨地对自己说，你就鲁吧，都快精尽人亡了，还有什么可以等待的？

既然很多事情完全不是原来的面目了，也就这么过下去吧，虽然没能轰轰烈烈，但至少没有遗臭万年，所以，我觉得那就好好过吧，这不也是一生？

最后，我想。

人生快意，还是当浮一大白。碎了，就忘了。